노사부의 행복 노래

| 명 상 가 의 인 생 잠 언 시 집 |

노사부의 행복 노래

박희성·노명환 지음

"삶을 기쁨, 행복, 감동으로 빚어내는 오늘날의 명심보감입니다"

좋은땅

인사의 글

삶은 누구에게나 하나의 신비이며 보배입니다.
살아가면서 수많은 기쁨, 감동, 만족을 만나지요.

어떻게 하면 행복해질 수 있을까요?

삶의 지혜를 노래하는 노사부를 우연히 만나 소개합니다.
그는 먼저 자신에게 고요해지라고 합니다.
자신의 내면을 숲으로 알고 그냥 가만히 있는 거지요.

세상을 대할 때는 "모두 평화롭다"고 생각하라 합니다.
사람이 아름다운 향기로 이롭고 감사할 뿐입니다.

다음은 행복이라는 자신의 보물을 찾으라고 합니다.
인생을 지혜의 눈으로 보고 좋아하는 것을 정해 보세요.

노사부는 누구에게나 보배를 찾아 주도록 합니다.
지금 당신은 행복을 받으시면 됩니다.

2021. 12. 15.

노사부의 한 말씀 "삶은 무엇인가요"

바닷속에서 아기 물고기가 늙은 고래에게 묻는다.
바다가 무엇인가요?

고래 왈, 네가 살고 있는 모든 곳이다.
밥 먹고 잠자고 네가 지금도 놀고 있는 곳이란다.
물고기 왈, 왜 내 눈에는 아무것도 보이지 않나요.

너무 가깝거나 너무 익숙하거나 너무 커서 보이지 않을 게다.

신기합니다. 가깝고, 익숙하고, 이 세상을 모두 포함하는
바다가 안 보인다니…….
너도 나처럼 오랜 시간이 지나 늙어지면 알 수가 있단다.

한 소년이 늙은 노사부에게 물어봅니다.
삶이 무엇인가요?

노사부 왈, 네가 사는 모든 것이란다.
소년 왈, 왜 내 마음에는 아무것도 알 수가 없나요.

너무 가깝거나 너무 익숙하거나 너무 커서 보이지 않을 게다.

신기합니다. 숨을 쉬고, 생각하고, 행동하는 몸처럼 익숙하고,
내가 하는 모든 것을 포함하는 삶이 안 보인다니…….

소년은 노사부의 말을 듣고 밤을 지새웠습니다.
아무리 찾아도 삶은 보이지 않았습니다.
고래의 이야기처럼 시간이 지나서 알고 싶지 않았습니다.
너무 알고 싶어 노사부의 나이처럼 기다릴 수가 없었습니다.

노사부 님, 저는 당장 삶이 무엇인지 알고 싶어요.
지금 모르면 숨이 막혀 죽을 것 같아요.

노사부가 아이의 눈에 담긴 진심을 보고 이야기합니다.
사랑스런 아이야! 지금 너에게 삶이라는 보물을 전해 주마.
두 귀를 열고 가슴으로 느끼고 마음으로 알기 바란다.

삶은 이 세상의 모든 것이다.
존재의 모든 것이기도 하다.
시간과 공간으로 처음과 끝을 담고 있다.
소리로 존재의 움직임을 드러내어 말을 만들었고
공간에는 보이는 물질이 운행하는 세상을 만들었다.

하늘과 땅이 되고 지구와 우주가 나타나 살아간다.
사람과 동물, 나무와 새가 살아간다.
이후 시간이 끊임없는 변화를 이끌어 인류는 오늘에 이른다.
나는 존재의 모든 것이며 삶이다. 내가 바로 삶 전체이다.

삶 전체를 보는 자가 수천 년 전부터 나오게 된다.
우리가 알고 있는 종교의 스승이다.
명상은 스승이 체험한 세계로 직접 들어가는 길이다.

소년아, 이제 조금 이해를 했니?
친근한 미소와 부드러운 목소리로 노사부가 물어본다.

노사부 님, 조금은 알 것 같아요.
내가 바로 삶이며,
이 세상의 일부이며 전체임을요.

나는 하나의 존재이며
또한 존재의 전부임을요.

소리와 형상으로 이 세상을 소통하게 하고
시간과 공간으로 만물을 나타나거나 사라지게 합니다.

하늘과 땅을 함께하며
사람과, 자연, 사람이 만든 문화로
세상을 이롭게 하기도 하지요.

사랑으로 생명을 세상에 나게 하고
하늘의 별처럼 수많은 생명을 사랑으로 만들어 온 것을요.

세상이 하나의 꽃이라고 하듯이
나는 이 세상의 꽃이며
하나의 세상이며 세상의 모든 것임을 마음에서 알려 줍니다.

노사부 님, 감사합니다. 오늘의 배움을 잊지 않겠습니다.
『노사부의 행복 노래』는 이렇게 시작이 된 것이다.

차 례

♣ 명상은 모든 순간이 선물이며 축복입니다.

-『쉬운 명상』중에서 -

1부

고 요

오직 홀로 있음이 진정한 고요이다.
텅 빈 공간에 침묵으로 녹아드는 것이다.

처음

태초의 순간은 시간이 없습니다.
시간이 없으면 공간도 없습니다.
시간과 공간이 없으면 아무 존재도 없습니다.
그때의 순간은 존재의 고요함입니다.

처음은 맨 첫 번째 순간입니다.
모든 것이 보이지 않습니다.
태양이 수평선 밑에 있듯 움직임이 없습니다.
그저 이 순간만 존재하는 멈춤입니다.

아무도 없는 것이 처음입니다.
아무 생각이 없는 것이 처음입니다.
나도 없고 너도 없는 것이 처음입니다.
그저 존재만 있는 것이 처음입니다.

시작을 알 수 없습니다.
중간도 알 수 없습니다.
끝도 알 수 없습니다.
그냥 현재를 자각하는 것이 처음입니다.

홀로 있음

혼자입니다.
다른 사람이 없어요.
다른 생각이 없어요.
나만 오롯이 있는 것입니다.

여러 사람이 있어요.
모두 모르는 사람입니다.
아무런 관계가 일어나지 않아요.
아무 말도 생각도 일어나지 않아요.
그저 여러 사람이 오고 가고 할 뿐입니다.
나는 그림자처럼 없는 사람입니다.

아는 사람이 있어요.
안다고 아는 척하지 않아요.
그 사람이 움직일 때 그때만 움직입니다.
말이나 생각은 의도 없이 반응만 합니다.
나는 있되 섞이지 않습니다.

나는 나입니다.
그대는 그대입니다.
같이 있되 서로 다른 공간이 존재하는 것이
홀로 있음입니다.

열반

이 세상 밖은 조용하다.
욕심과 이해타산이 없기 때문이다.
사람들은 있지만 모두가 고요하다.

지극히 고요한 곳은 의무가 없다.
의무가 없으니 일 또한 없다.
일과 의무가 모두 사라지고 없다.
그냥 존재하는 것이다.

나라고 생각하는 것이 없다.
너라고 부르려는 이름이 없다.
생각과 이름이 쓸모가 없어진 곳이다.
그저 침묵만이 존재를 드러낼 뿐이다.

산

땅의 아들이며 지구의 손자이다.
태고의 옛날부터 대지의 품에서 자라
동생인 강과 사이좋게 오늘에 이른다.

모든 것들을 저항 없이 수용하는 바다처럼
거대한 산맥을 이루어 비와 눈, 바람을 받아들이고
수많은 생명들을 기르며 산다.

대지의 아들답게 생명을 기르며 너그럽고
나무와 새, 동식물들을 품 안에서 살게 한다.

품이 한없이 넓고 친근하다.
성냄이 없고 고요하다.

숲으로 세상의 상처를 치료하며
산소를 내어 주며 생명의 기운을 충전시켜 준다.

신들이 쉬어 가도록 히말라야를 성지로 만들었으며
작은 산들은 등산과 산책으로 휴식을 돕고 있다.

예전부터 진리를 찾는 자에게는 사원으로 내어 주고
숨겨 둔 침묵의 공간에서 명상의 세계로 안내하고 있다.

바다

생명을 낳은 모태가 물이라고 전해진다.
그래서 생명의 어머니이자 물의 부모가 된다.
이 세상이 시작할 때부터 있었다.
먼 옛날 아무런 것이 없을 때부터 있어 온 것이다.

자신의 넓이를 모른다.
자신의 깊이를 모른다.

그저 모든 것을 받아들일 뿐이다.
아무런 반대가 없다.
아무런 소리가 없다.

땅과 다르게 살아간다.
끊임없이 움직이나 그 움직임이 보이지 않는다.
파도가 출렁인다고 전체가 움직인다고 말할 수 없다.

그저 고요하다.
이 세상이 시작할 때부터 지금까지 고요할 뿐이다.

내면

사람의 마음이 내면이다.
내면은 보이지 않는다.

사람의 몸이 외면이다.
외면은 눈으로 볼 수 있다.

사람의 가슴은 몸과 마음의 중간이다.
몸과 마음을 연결하여 준다.

눈으로 보는 법에 익숙하다.
마음으로 보는 법은 잘 모른다.

내면은 먼저 눈을 감고 가만히 기다린다.
그러면 어느 순간 가슴이 느낌으로 활동한다.

가슴의 느낌이 깊숙하게 다가올 때 알아보며
하나의 체험이 내면에서 일어난다.

내면은 앎이 실체로 드러나며
지혜가 사는 그대의 또 다른 몸이다.

내면을 쓰면 삶은 보물이 되어 안긴다.

공부

배우고 익히는 것이다.
먼 시간 뒤에 얻어지는 보물이다.

누구나 바로 얻을 수 없으며
쉽게 주어지지도 않는다.

매 순간 숨을 쉬듯 정성과 실천을
끊임없이 하는 것이다.

보물은 우연히 그리고 운이 좋아야 찾아온다.
얻은 자는 숨고 드러내지 않아 잘 모른다.

사람마다 다르게 주어지며
행복한 삶, 자유 등으로 주어지기도 한다.

세상에서는 너그러운 부자이거나
지혜로운 현자로 살아간다고 한다.

탄생

신이 사랑으로 생명을 만드는 것이다.
생명이 사랑으로 세상에 나오는 것이다.

신은 한없이 따뜻하고 너그럽다.
사랑으로 생명을 기르고 나오게 한다.

사랑이 하나의 씨앗이 되어 태어나며
또 다른 생명이 되어 사랑을 주고받는다.

사랑이 또 다른 생명을 낳게 한다.
모든 것을 받아들이며 다른 생명을 잉태한다.

이 세상은 사랑이 태어난 모든 생명이다.
모든 생명이 모습으로 세상을 만드는 것이다.

이처럼 하나의 생명이 나오는 일은 숭고하다.
신의 나라가 땅에서도 이루어지는 증거가 된다.

세상의 모든 생명은 신이 보여 주는 신비이며
성스러운 손길이기도 하다.

탄생은 사랑 속에서 영원히 계속될 것이다.
생명은 죽지 않는 신, 사랑이기 때문이다.

기다림

하나의 기도이며 아름다운 설렘이다.
감동이 이어지는 특별한 축복이 되기도 한다.

두 사람이 사랑을 이루어 아이를 가지게 되었다.
10개월을 기다리니 신의 은혜를 보게 된다.

농부가 땅을 갈아 씨앗을 뿌린다.
하늘과 땅, 햇빛의 손길로 열매를 얻게 된다.

한 방울의 물이 바다가 된다.
한 순간의 만남이 결혼과 평생이 된다.
한 줌의 호흡이 생명이 되어 인생을 꽃으로 피운다.
한 번의 기도가 신의 말씀을 전해 준다.
한 번의 지혜가 지복의 세계를 열어 준다.

기다림에는 어떤 기도가 담겨 있다.
기다림에는 소중한 감사가 자란다.
기다림에는 너그러운 배려가 느껴진다.
기다림에는 아름다운 겸손이 숨을 쉰다.

선물이 매 순간 자라는 시간이 기다림이다.

생명

신의 신비가 담겨 있다.
아무도 모르는 숭고한 아름다움이다.

하늘과 땅의 시작도 모른다.
지구의 기원에 대해서도 모른다.

산과 바람이 어떻게 작용하는지 모른다.
바다와 강의 끝이 어디인지도 모른다.

나무와 꽃이 어떻게 자라는지 모른다.
사람과 동물이 어떻게 왔는지 모른다.

아무도 생명을 모르니 누구라도 어떻게 할 수 없다.
생명의 본질은 생명 스스로 결정할 수 있다.

생명(나이, 목적, 역할, 관계)은 누구도 관여할 수 없다.
모두 각각의 존재이며 신의 화신이다.

수확

뿌린 것을 거두니 즐겁고 행복하다.
열매의 맛도 보고 선물에 감사할 뿐이다.

씨앗을 뿌려 본 적이 있나요?
열매를 따 본 적이 있나요?

어떤 목적을 정하고 노력한 적이 있나요?
목표에 이르고 결과에 웃어 본 적이 있나요?

수확은 거두고 얻는 일이다.
내가 시작하여 원하는 것을 얻는 것이다.

땀과 정성으로 빚어내는 아름다운 과정이다.
하지만 봄부터 겨울까지 보내야 한다.

농부, 부모, 스승이 보통의 수확하는 자이다.
열매, 자녀, 제자가 태어나고 얻어진다.

먼저 씨 뿌리는 자가 되어야 한다.
그리고 따뜻한 관심과 시간의 예술이 필요하다.

추석

만물을 창조하신 위대한 존재의 생일이다.
바로 전 우주를 만든 신의 생일인 것이다.

파란 하늘은 바다처럼 넓게 잔치 무대를 준비한다.
땅은 모든 곡식과 과일을 익혀 음식을 마련한다.

산에는 붉은 옷으로 나무들도 예쁘게 단장을 한다.
들에는 익어 가는 곡식과 열매가 향기를 품어 낸다.

사람들은 가슴에서 울려오는 감사로 손님 되어 축복한다.
축복의 시간 속에서 한없이 너그러운 마음이 된다.

밤이 되면 둥근 보름달이 황금빛으로 축가를 연주한다.
잔칫날 신들의 먹거리로 풍성하게 은혜받는 것이다.

신이 모든 생명들의 닫힌 가슴을 열어 주며
오직 감동으로 충만해지는 축제가 된다.

가을날 중 가장 아름다운 날이 된다.
신의 잔치에 사람들은 신이 되는 날이다.

모든 것이 사랑스런 날이다.
모든 생명이 사랑받는 날이다.

사막

거대한 모래의 바다이다.
큰 세계이며 인생이라 비유되기도 한다.

혹시 사막을 가 본 적이 있는가?
나무도 없고 풀도 없다.

노란 모래가 끝도 없이 펼쳐져 있으며
바람이 심할 때는 모습을 볼 수 없다.

낮에는 태양 아래서 모래가 익어 뜨겁고
밤은 어둠만이 적막함을 더할 뿐이다.

물이라곤 찾아볼 수 없으니 타는 목마름은
견디기 힘든 시련 중의 하나이다.

그래도 사막을 건너가는 자들이 있다.
용기가 있는 자들일 것이다.

사랑으로 가족을 지키는 자들이며
사람들을 안전하게 지나가도록 돕는 자들이다.

사막을 사랑하는 어린왕자를 우리는 알고 있다.
그대도 왕자의 순수한 마음을 나누기를 빌어 본다.

숲

나무들이 여러 그룹으로 모여 있다.
넓은 하늘을 그늘이 되어 가려 준다.
나무와 나무들은 한 몸처럼 구분이 없다.
깊은 침묵의 공간이 고요함으로 안내한다.

나무는 소리 내지 않는다.
사람들에게 아무 말도 없다.
그저 평생을 서 있기만 한다.
서 있는 행동이 전부이다.

사람들이 휴식하고 충전한다.
동물들이 집으로 여기며 산다.
새들과 곤충의 놀이터가 된다.
다른 생명들과 어울려 친근하다.

늘 그늘이라는 품을 내줄 뿐이다.
받으려는 것이 없다.
주려고 하는 것이 없다.

그저 나무들이 서 있는 공간이다.
나무는 숲을 모르면서 숲의 일원이다.

마침

일을 다한 것이 마침이다.
휴식과 새로운 시작을 준비하게 한다.

덜 된 것은 계속 그 길을 가야 한다.
다 된 것은 문이 닫힌 듯 더 이상 갈 수가 없다.

사람은 인생이라는 길을 걷는다.
오직 혼자만 가는 길이다.

수많은 사람이 자신만의 길을 간다.
때론 내 길을 찾으려고 묻기도 한다.

지혜로운 자에게 인생의 크기와 넓이를 듣게 된다.
종교에서 신의 말씀과 자신의 본질을 보기도 한다.

인간의 마침은 무엇인가?
삶으로 시작해서 죽음이 마침표인가?

과일이 중간에 떨어졌다. 익은 것인가?
대부분 사람은 원하는 길을 마치지 못하고 죽는다.
마침이 무엇인지 궁금하지 않은가?

정상

정상은 맨 꼭대기이다.
눈에 보이는 대상이 전부 사라진다.

지나온 길도 사라진다.
그동안 지고 온 짐들도 내려놓는다.

내가 오르는 이유도 잠시 머릿속에 없다.
오로지 홀로 있도록 자리를 내어 준다.

생각이 멈추고 텅 빈 충만이 온몸에 흐른다.
세상도 잊고 시간만이 흐른다.

모든 것이 고요하다.
모든 것이 침묵한다.

중심

중심은 오직 한 곳이다.
그래서 중심은 잡기 어렵다.

몸의 중심은 움직일 때 수시로 변한다.
몸이 멈출 때 중심도 멈춘다.

마음의 중심은 찾기 어렵다.
생각이 하루에도 오만 번이나 움직인다.

중심은 정중앙이다.
어느 곳에도 치우치지 않은 가운데이다.

최고와 최적의 힘이 모아진 집결지이다.
어느 순간, 어느 지점, 어느 대상을 알아야 찾아진다.

순수

맑은 물에는 물고기도 살지 않는다.
다 보이면 사람들이 잡아간다.

아이의 눈은 순수하다.
계산은 없고 놀이만 있다.

진심을 담은 땀은 순수하다.
시간이 지나면 성취가 일어난다.

반성을 담은 눈물은 순수하다.
탐욕에 물든 탁함을 정화시킨다.

배우는 자는 순수하다.
불순한 생각이 순금으로 정화된다.

진실이 있는 곳은 순수하다.
거짓을 녹이는 참된 실재만이 있다.

새벽

이른 아침에 잠에서 깨어 본 적이 있을 것이다.

새벽은 밤과 아침의 교차점이다.
어둠과 빛의 전환이 일어난다.

어둠은 세상의 짐과 고통을 잠으로 쉬게 하며
세상의 모습이 활동하도록 태양을 준비한다.

삶과 죽음, 이 세상과 저 세상의 분리점이며,
잠과 깨어남으로 신과 인간이 교감하는 순간이다.

새벽은 밤과 아침의 짧은 데이트이며,
어둠과 빛이 교체되어 오늘을 열어 준다.

아주 고요해지는 순수한 시간대이다.
마음이 자신과 만나지는 고귀한 순간이다.

이 순간은 아무도 참여할 수 없다.
잠시 한순간이 지나면 또 다른 세상이 태어난다.

집중

한 번에 오직 하나만 있다.
한 순간에 오직 한 순간만 생각한다.

하나의 씨앗에 한 개의 생명이 있다.
하나의 목적에 한 개의 성취가 있다.

한 인간에게 한 개의 심장이 있다.
한 사람에게 하나의 사랑이 일어난다.

아이가 첫눈에 반하는 사랑의 순간이다.
남편이 아내의 출산을 기도하는 날이다.

혼신의 힘으로 작품을 꺼내는 일이다.
동물들이 먹이를 지켜보는 두 눈이다.

번개가 세상을 비추어 주는 순간이다.
태양이 뜨거나 지는 순간이다.

한 생명이 태어나거나 사라질 때의 순간이다.
무명과 지혜를 알려고 정신을 모으는 때이다.

나는 누구인가? 그 질문이 답을 들려주는 체험이다.
신이 그대에게 말할 때 진실이 들리는 경험이다.

위기

나의 생명을 빼앗으려 적이 오는데
한 발짝 남긴 절벽 끝에 서 있다.

토끼가 이글거리는 사자의 두 눈을 마주하고
숨이 멎고 몸이 얼어붙은 순간이다.

이제 하늘에서 정한 생명이 다하여
마지막 한 호흡만이 남아 있다.

얼음과 쇠가 용광로에 들어가서
이제 막 녹으려고 한다.

한 개의 진실이 한 개의 거짓이라고 드러날 때
한 개의 거짓이 한 개의 진실이라고 알려질 때…….

참된 위기는 그 경계에서 위대한 도약이 일어난다.
살면서 알았던 모든 것이 아무런 쓸모가 없다.

그대가 지켜 온 그리고 지키고 싶은 꿈과 생명도
구름과 바람처럼 아무런 이유 없이 그냥 사라진다.

하나

하나는 하나이다.
전체가 하나이다.

모든 것이 하나이다.
다른 무엇도 없는 것이 하나이다.

순도 100%의 황금이다.
꿈이 없는 완전한 잠이다.

나와 너라는 경계가 하나로 사라질 때 사랑이다.
무명이 지혜를 만나는 순간 빛의 세계만 남는다.

말과 행동이 같은 것도 하나이다.
내가 내 뜻으로만 사는 것도 하나이다.

나는 내가 전체인 하나이다.
나는 내 생명 모든 것이며 한평생의 인생이다.

나는 이 세상에 하나뿐인 나이다.
나는 오직 나처럼 사는 것이 하나이다.

끝

끝은 아무것도 없다.
그대가 없는 자리이다.

지구의 끝은 어디일까?
지구 밖의 우주이다.

수업이 끝났다.
학교, 선생, 학생이 사라진다.

일이 끝났다.
직장, 사장, 직원이 모두 사라진다.

인생이 끝났다.
신, 세상, 인간이 모두 사라진다.

끝은 알 수가 없다.
모름이 살짝 모습을 비춰 준다.

좌정

편안히 앉아 몸을 바로잡고
마음이 고요해지는 것이다.

두 눈을 감고
모든 감각을 닫는다.

숨을 들이쉬고 내쉬면서
모든 생각이 호흡으로 녹아든다.

텅 빈 공간이
그대를 서서히 채우고 있다.

그대는 아무런 시간도 공간도 느낌도
남아 있지 않다.

바르게 앉아 있다는 것은
이처럼 텅 빈 공간이 숨 쉬는 것이다.

고요

아무 소리가 나지 않는다.
아무런 소리도 들리지 않는다.

두 눈에 아무것도 담지 않는다.
어둠으로 세상이 전혀 보이지 않는다.

일이 끝나 남아 있는 일이 없다.
일을 마쳐 아무 일도 할 수가 없다.

자아가 지혜를 찾아 그동안의 고뇌가 사라진다.
사람들이 쫓는 욕망의 탑이 먼지의 신기루였다.

끊임없는 생각이 꿈을 지나 잠에 들었다.
생명이 삶을 다하고 죽음의 깊은 잠에 든다.

내가 몸이 아니라는 것을 체험할 때
내가 느낌이 아니라는 것을 보았을 때
내가 생각이 아니라는 것을 알았을 때

나는 몸이 아니고 느낌이 아니고 생각이 아닌
다른 세계에 이르게 되는데 바로 고요이다.

2부

평 화

사람의 마음에 이기심과 적의가 없는 것이다.
생명이 한가롭게 놀며 서로 이롭게 하는 것이다.

멈춤

멈춤은 정지이다.
모든 것의 정지이다.

시간의 정지이다.
공간의 정지이다.

우주의 정지이다.
지구의 정지이다.

하늘의 정지이다.
땅의 정지이다.

세상의 정지이다.
사람의 정지이다.

몸의 정지이다.
마음의 정지이다.

지금 있는 그대로가 멈춤이다.

공존

다름이 서로 함께함이다.
인정하는 관계가 전부이다.

우주와 지구가 있다.
하늘과 땅이 있다.

바다와 물고기가 있다.
산과 나무가 있다.

자연과 사람이 있다.
세상과 나라가 있다.

도시와 시골이 있다.
회사와 직원이 있다.

나와 할 일이 있다.
몸과 마음이 있다.

아는 것과 모르는 것이 있다.
고통과 지혜가 있다.

무명과 진리가 있다.
진실과 거짓이 있다.

연기(緣起)

이것과 저것은 한 몸이다.
이것과 저것은 본래 하나이다.

선과 악은 한 몸이다.
진실과 거짓은 한 몸이다.

앞과 뒤는 한 몸이다.
동서와 남북은 한 몸이다.

주는 것과 받는 것은 한 몸이다.
가는 것과 오는 것은 한 몸이다.

나와 남은 한 몸이다.
사람과 세상은 한 몸이다.

연기는 둘로 분리되는 몸을 가져야 살 수 있다.
만일 한 가지만 있으면 존재할 수 없게 된다.

이 법칙을 이해한다면 세상을 초월할 수 있다.
옴, 니르바나, 천국과 같은 신의 세계가 열린다.

불이(不二)

둘이 아니다.
둘이 다르지 않다.

나와 남이 다르지 않은가?
그러면 나와 남이 같은 것인가?

남과 여가 다르지 않은가?
그러면 남과 여가 같은 것인가?

진실과 거짓은 다르지 않은가?
그러면 진실과 거짓은 같은 것인가?

태어나는 것과 죽는 것은 다르지 않은가?
그러면 태어나는 것과 죽는 것은 같은 것인가?

아는 것과 모르는 것은 다르지 않은가?
그러면 아는 것과 모르는 것은 같은 것인가?

다르지 않음이 같음인가?
그러면 모든 것이 같은 것인가?

자연

그냥 있는 것이다.
그대로 두는 것이다.

그냥 이유 없이 좋다.
다른 것들이 영향을 주지 않는다.

그냥 하늘을 볼 뿐이다.
눈 내리고 비 뿌려도 아무것도 할 수 없다.

산은 움직이지 않는다.
나무와 바위가 한 걸음도 걷지 못한다.

인간도 하나의 자연이다.
나도 당신도 자연의 일부이다.

나는 내 것만 할 수 있다.
남은 내 것을 할 수 없다.

있는 그대로를 행하며 사는 것이다.
내가 나를 좋아하며 살아갈 수 있다.

생명은 있는 모습대로 살아가면 된다.

조화

그냥 두는 자연스러움이다.
만물이 살아가는 법칙이다.

같이 있어도 편안하고 좋은 것이다.
여럿이 어울리는 자연스런 편안함이다.

하늘이 높고 땅이 평평하다.
새가 하늘을 날고 물고기는 물에서 산다.

봄에는 꽃이 피고 가을에는 낙엽들이 진다.
겨울에는 곰이 잠자고 나무들도 휴식한다.

모든 생명이 태어나면 늙고 병들고 죽는다.
봄, 여름, 가을, 겨울이라는 계절이 있다.

삶과 죽음, 빛과 어둠, 낮과 밤이 있다.
그 무엇도, 그 누구도 있는 것이다.

주장이나 맞는다고 고집하지 않는다.
모두가 즐겁고 서로를 이롭게 할 뿐이다.

그냥 저절로 살아가는 것이다.
그냥 저절로 살아지는 것이다.

다름

같은 것이 없다는 것이다.
당연하며 자연스런 것이다.

같은 사람이 하나도 없다.
같은 동물이 하나도 없다.

같은 순간이 한 순간도 없다.
같은 시간이 1초도 없다.

같은 생각이 한 순간도 일어나지 않는다.
같은 마음이 1초도 일어나지 않는다.

바다가 한 순간도 같은 적이 없다.
하늘이 한 순간도 같은 적이 없다.

내가 매 순간 변하는데도 같다고 한다.
사람이 매 순간 변하고 있음에도 같다고 안다.
모두가 달라져 있는데도 여전히 같다고 한다.

조금 안다는 것은 다름을 허용하는 것이다.
살아 있는 존재에 대한 존경의 실천이다.

인정

사람을 위하는 아름다운 마음이다.
대할 때 살며시 전해지는 따뜻함이다.

어진 마음이 꽃이 필 때 아름답다.
심장은 따뜻해지며 은은한 미소로 향기가 난다.

웃음으로 친근한 말 한마디가 오고 간다.
만나는 이웃이 반갑고 가끔 안부를 묻는다.

내가 넉넉하지 않아도 먹을 것을 나눈다.
겨울날에 난로 옆에서 쉬어 가라고 한다.

어느 때는 모르는 이에게 하나의 친절이다.
어떤 곳에서는 하나의 선행이기도 하다.

가진 것과 할 수 있는 것을 나누는 것이다.
심정과 상황을 헤아려 가까이 가는 것이다.

있지 않아도 때론 구해서 주기도 한다.
피 같은 돈과 어렵게 얻은 정보처럼 종류도 다양하다.

사람이 사람에게 자연스럽게 끌리는 이유이다.
때때로 차갑고 힘이 들어도 온기는 존재한다.

받아들임

마음으로 정성껏 받는 것이다.
믿음으로 존중하는 것이다.

말할 때 잘 듣는 것이다.
몸짓할 때 잘 보는 것이다.

마을의 전통을 따르는 것이다.
법과 질서를 정의롭게 지키는 것이다.

세상의 상식을 즐겁게 허용하는 것이다.
다른 나라에서 그 문화를 따르는 것이다.

나를 보살피고 배우며 성장하는 것이다.
인생 목표를 알고 하루하루 소중히 사는 것이다.

이웃이 고맙고 세상에 감사하는 것이다.
남의 세계를 인정하고 존중하는 것이다.

고통이나 늙는 것을 자연스러움으로 여기는 것이다.
신성과 깨달음이 인간에게 있다는 것을 믿는 것이다.

버리기

내 것만 내 것이다.
나를 둘러싼 것은 내 것이 아니다.

유효 기간이 지나면 사라져야 한다.
쓸모가 없어도 사라져야 한다.

이름이 사라진 것도 떠나야 한다.
의미가 달라진 것도 남아 있을 수가 없다.

물건이 쓰레기가 되면 버려져야 한다.
생각이 바르지 않아도 버려져야 한다.

고민이 무거워지면 버려져야 한다.
과일이 썩으면 버려져야 한다.

그래도 간직해야 할 소중한 것들이 있다.
세상을 살게 하는 공기, 물, 소금이다.

사랑으로 살게 하는 자의식과 자존감이다.
자신을 알게 하는 지혜와 스승이다.
사람을 존중으로 대하는 정직과 진실이다.

버릴 것은 버리고 간직할 것은 계속 늘려 가라.

낮춤

내가 부족한 존재임을 받아들이는 것이다.
내가 사는 것이 세상의 도움임을 아는 것이다.

내가 가진 것을 내려놓는 것이다.
내가 가진 것을 알아보게 꺼내는 일이다.

남의 입장과 가진 것을 알아보는 것이다.
남의 뜻이 드러나도록 높이는 것이다.

내 것이 옳다고 고집하며 주장하지 않는 것이다.
내 입장이 이것이라고 말을 하는 것이다.

남의 성공을 귀하게 여기고 시기하지 않는 것이다.
남의 배움을 믿고 따르는 것이다.

높은 산에 올라 하늘이 있음을 보는 것이다.
꿈을 이루고자 자신의 소중한 것을 거는 것이다.

보고, 먹고, 말하고, 아는 것에 고마워하는 것이다.
사람으로 살고 사라지는 것에 감사하는 것이다.

나를 사랑하며 소중하게 대하는 것이다.
모든 것을 신의 일로 알고 기도드리는 일이다.

온유

따뜻하고 부드러운 사랑이다.
너그럽고 사랑스런 친근함이다.

어머니가 아기를 사랑으로 안아 준다.
아버지가 아이의 작은 짐을 들어 준다.

한 아이가 길가에 핀 꽃을 바라본다.
한 소녀가 길가에 쓰러진 나무를 세워 준다.

바쁜 일과에서 짬을 내어 느긋함을 즐기는 것이다.
고향의 따뜻했던 날들을 이웃들의 미소에서 발견한다.

가을 들녘의 햇살이 곡식을 익히고 있다.
보름달이 세상을 황금빛 나라로 물들인다.

매일 부모와 아이가 함께 음식을 먹는다.
매일 스승과 제자들이 지혜를 배운다.

사람은 따뜻한 마음과 보살핌을 먹고 자란다.
그것을 나누며 함께하고 살아야 하는 것이다.

보살핌

아이를 길러 본 적이 있는가?
제자를 가르쳐 본 적이 있는가?

씨앗을 키워 본 적이 있는가?
심은 나무가 자라는 것을 본 적이 있는가?

부모로서 성냄을 기다려 본 적이 있는가?
스승이 되고자 가르침을 실천하였는가?

열매를 맺으려 세찬 바람을 이겨 내었는가?
꿈을 이루려고 정성으로 노력하였는가?

한 번에 세상은 만들어지지 않았다.
한 순간에 어른으로 자라지 못한다.

단번에 익은 열매를 얻을 수가 없다.
관심(시간, 노력)과 하늘의 손길이 필요하다.

당신은 진정한 어른인가, 부모인가, 스승인가?
보살핌을 주는 것은 어렵고 힘이 든다.
하늘이 어떤 선물을 주실지 아무도 모른다.

세계

이 세상의 모든 것이다.
지구와 우주로 되어 있다.

하나의 꽃도 하나의 세계이다.
하나의 꽃밭도 하나의 세계이다.
수많은 꽃밭도 역시 하나의 세계이다.

한 사람도 하나의 세계이다.
한 가족도 하나의 세계이다.
한 도시나 나라도 역시 하나의 세계이다.

보이는 세계도 하나의 세계이다.
보이지 않는 세계도 하나의 세계이다.

하나이면서 전체도 하나의 세계이다.
무리이면서 하나인 것도 하나의 세계이다.

시간도 하나의 세계이다.
공간도 하나의 세계이다.

앎과 모름도 하나하나의 세계이다.
삶과 죽음도 하나하나의 세계이다.

안전

온전하게 평안한 것이다.
이유와 대상이 머릿속에 없는 것이다.

대상이 있으면 불안하다.
상대방이 있으면 불안하다.

혼자 있어도 불안하다.
아는 이가 같이 있어도 불안하다.

좋아하는 일이 있어도 불안하다.
좋아하는 사람이 있어도 불안하다.

아무런 일이 없을 때 편안하다.
아무런 만남이 없을 때 편안하다.

생각한 것보다 돈이 더 있으면 편안하다.
원하는 것이 없어도 편안하다.

남 이야기에 내 기준을 지키면 편안하다.
내 믿음과 세상의 기준이 같으면 편안하다.

내 생각과 남의 생각이 같아도 편안하다.
내 생각과 믿음이 동의해도 편안하다.

진실

실체가 드러나 있는 것이다.
참됨을 보면 참되게 된다.

생각과 말이 같다.
말과 행동이 같다.

이름과 실체가 같다.
말과 내용(의미)이 같다.

말하는 것과 듣는 것이 같다.
주는 것과 받는 것이 같다.

이해관계가 치우침 없이 공평하다.
내 것이 내 것이고 남의 것이 남의 것이다.

네가 아는 것이 내가 아는 것과 같다.
내가 말하는 이름과 네가 듣는 내용이 같다.

말하는 것과 듣는 것, 주는 것과 받는 것 등에서
사실과 실체가 똑같이 전해지고 아는 것이다.

같은 사실을 너와 내가 소통해서 공유하는 것이다.

집

울타리(보호막)가 있어서 세상과 독립된다.
가족이 공동체의식으로 사는 곳이다.

태어나 부모와 형제, 자매를 만나는 곳이다.
먹고, 말하면서 소통과 관계를 배우는 곳이다.

내 몸과 정신을 평생 지키고 성장시키는 곳이다.
몸과 마음의 휴식이 있으며 잠을 자는 곳이다.

가족을 만들어 키우고 지원하며 부양하는 곳이다.
남과 음식을 나누며 가까운 관계를 맺는 곳이다.

나와 가족이 편안하게 지내는 곳이다.
세상에서 내 모습을 감추기도 하는 곳이다.

내가 솔직하게 행동하고 말하고 생각하는 곳이다.
누구에게나 열려 있지 않는 문이 있는 곳이다.

인생과 꿈을 실현할 수 있는 바탕이 되는 곳이다.
내 몸과 정신이 안전하게 유지되는 곳이다.

죽는다는 것은

이것이라는 것이 사라지는 것이다.
저것이라는 것이 새롭게 태어나는 것이다.

하나의 완성이자 끝이자 결말이다.
전혀 다른 것의 시작이자 모습이자 행동이다.

도토리가 땅속에서 죽으니 떡갈나무가 태어난다.
애벌레가 누에고치를 버리자 매미가 된다.

이 생각에서 저 생각으로 달라진다.
이 사람에서 저 사람으로 다른 사람이 된다.

회사의 종사자가 사장이 된다.
보통 사람이 성자가 된다.

한 방울의 물이 강이 되어 바다에 이른다.
물이 수증기가 되어 공기 속으로 사라진다.

세상이 마야가 되고 실재가 된다.
진실이 거짓이 되고 거짓이 진실이 된다.

현실과 꿈속에서의 "나"가 다르다.
잠 속에서 그 "나"는 없다.

자궁

생명이 태어나는 사랑의 궁전이다.
생명의 씨앗을 품으면 모두 차단된다.

생명은 사랑을 먹고 자란다.
신의 신비로 보호받고 성장하게 된다.

처녀에서 어머니 몸으로 만들어 준다.
어머니가 또 다른 생명을 기르기도 한다.

사람의 몸에 있으나 신의 궁전에 사는 것이다.
생명을 기르는 일은 인간의 힘을 넘어서 있다.

만물을 기르는 모든 것이 되기도 한다.
사람, 동물, 나무처럼 생명은 다양하다.

한 생각, 뜻, 의지, 꿈에도 생명이 들어 있다.
그래서 반성하기, 사고하기, 명상이 되기도 한다.

세상에서 다양하게 활동하고 있다.
아기에서 어른이 되었다.
사랑을 하여 가족이 되었다.
일반인이 백만장자가 되었다.
보통 사람이 성자가 되었다.

극기

나를 이긴다는 것이다.
사랑하고 귀하게 여긴다는 것이다.

규칙적인 운동으로 건강을 유지한다.
적당한 독서로 마음의 교양을 넓힌다.

때와 장소에 맞게 말한다.
사람마다 역할에 맞게 행동한다.

무의식적으로 말하지 않는다.
무의식적으로 행동하지 않는다.

욕망을 이기면 사람 관계에서 편안하다.
이기심을 이기면 다툼과 시비가 없어진다.
어리석음을 인정하면 지혜와 겸손이 자란다.

사랑이 욕망을 이겨야 한다.
믿음이 불신을 이겨야 한다.
지혜가 무지를 이겨야 한다.
자유가 구속을 이겨야 한다.
진실이 거짓을 이겨야 한다.

자신에 대한 사랑이 극기의 첫 걸음이다.

휴식

안다는 생각을 쉬는 것이다.
생각 작용이 멈춰지는 것이다.

아이는 무엇을 한다고 생각하지 않는다.
생각의 작용이 없는 순수한 마음이다.

바보는 무엇을 한다고 생각할 수가 없다.
자신이 생각한다는 동일시가 없다.

현자는 무엇을 한다고 하는, 생각하는 자가 없다.
자의식이 사라진 순수한 의식이며 마음이다.

볼 때 보는 일만 일어난다.
먹을 때 먹는 일만 남아 있다.

나라는 생각이 없을 때 일어나는 생각의 멈춤이다.
잠잘 때 잠만 있듯이 잠자는 자가 사라지는 세계이다.

깊은 생명의 에너지를 깨워 자신을 충전시켜 준다.
휴식하지 않으면 매 순간 늙고 병이 든다.
아이나 현자처럼 충만한 에너지로 살 수가 없다.

잠

진정으로 꿀잠을 자 본 적이 있는가?
아이 때는 잘 잤을 것이다.

소금이 물에 들어가면 완전히 녹는다.
생각이 잠에 빠지면 완전히 사라진다.

몸이 건강하면 몸을 잊고 생활한다.
마음이 건강하면 자의식을 잊고 생활한다.

잠은 건강한 마음이어야 일어난다.
꿈은 마음속에서 해결하지 못한 생각이다.

잠은 완전한 휴식이기도 하다.
잠들면 몸, 가정, 생각, 마음이 녹아서 없다.

잠 속에서는 나라는 자의식이 없다.
그동안 경험했던 지식, 사람, 세상이 사라진다.

그래서 잠은 일종의 죽음이다.
완전히 녹아 아무것도 남겨 두지 않는다.
완벽히 사라져 아무것도 남아 있을 수가 없다.

깊은 산

산이 깊으면 골짜기도 깊다.
사람들이 마음대로 오지 못한다.
발길도 흔적을 내지 못한다.
아무런 흔적이 없다.

소리가 일어나지 않는다.
메아리도 없다.
가끔 구름만 쉬어 갈 뿐이다.

고목들이 거대한 숲을 이루고 있다.
수만 년이 되는 듯 시간을 초월한다.
그저 고요함으로 모습을 드러낸다.

한없이 넓어 크기를 모른다.
하늘에서 보아도 전체를 볼 수 없다.
동물도 그 깊이를 알 수가 없다.

그 누구에게라도 다 보여 주지 않는다.

가을

신의 손길과 은혜를 가까이 만나는 계절입니다.
신의 노래가 땅에서도 불러지는 시간입니다.

가슴에서 감사가 일어납니다.
마음에서 침묵의 공간이 찾아듭니다.

하늘이 우주까지 높아지면서 신을 찬양하고
땅은 곡식을 익히며 춤을 춥니다.

산이 푸른색에서 붉은 빛으로 온몸을 정화시키고
들에서는 벼들도 머리 숙이며 황금빛으로 존경을 올립니다.

밤이 되면 다정한 달을 친구로 보내 주며
지구 위의 세상을 쉼으로 안내합니다.

신에게 감사로 기도하세요.
내면의 세계가 드러나게 홀로 되어 보세요.
명상이 찾아와 깊게 자신을 만나는 시간이 됩니다.

위대한 하늘의 신비가 땅에서도 일어납니다.

명상

대상과 하나 되어 자의식이 없어지는 흐름이다.
내면의 나를 만나 세상이 사라지는 공간이다.

음악을 들으면 소리가 되는 것이다.
춤을 추면 춤이 되는 것이다.

걸으면 걸음이 되는 것이다.
차를 마시면 차가 되는 것이다.

꽃을 보면 꽃이 되는 것이다.
가르침을 들으면 가르침이 되는 것이다.

눈을 감으면 텅 빈 허공이 되는 것이다.
숨을 쉬면 숨과 하나 되는 것이다.

뜻을 생각하면 뜻이 되어 흐르는 것이다.
대상이 무엇이든지 대상의 공간이 되는 것이다.

명상은 나일 때 나만 남는 것이다.
대상을 대하면 오직 대상만 있을 뿐이다.

나에서 대상으로 하나가 되는 것이다.
나는 없어지고 자각, 깨어 있음만 활동한다.

평화

햇살 아래 노란 민들레가 피어 있다.
아기가 어머니의 가슴에서 자고 있다.

염소와 토끼가 푸른 들에서 놀고 있다.
사자와 사슴이 한가로이 물을 마시고 있다.

모든 것에 아무런 이유와 목적이 없다.
친구와 적, 나와 남이라는 구분이 없다.

이익과 손해, 선과 악이라는 나눔이 없다.
주는 것과 받는 것, 칭찬과 험담이 오가는 길이 없다.

지금 이 순간만 존재하는 것이다.
지금 아무런 생각이 떠오르거나 남아 있지 않다.

촛불이 꺼진 것처럼 의지와 뜻이 사라졌다.
잠든 자의 머릿속에 경험과 기억이 사라졌다.

모두 즐겁고 편안하게 공존하는 것이다.
비교, 경쟁, 적의가 존재하지 않는 시간이다.
연꽃처럼 진흙 속에 있으나 물들지 않는 것이다.

♣ 명상은 나를 행복하게, 세상을 이롭게 하는 길이다.

- 『땡큐 명상』 중에서 -

3부
행 복

삶의 매 순간이 선물이고 기쁨이고 축복이 된다.
살아 있는 모든 것들이 진실이 되며 자유롭다.

만족

최고의 재산은 만족이라는 경전의 말씀이 있습니다.
지금 만족한다면 최고의 재산을 가진 부자가 됩니다.

원하는 것보다 더 채워져 오는 기쁨입니다.
조금도 부족함이 없이 넘치고 꽉 차는 것입니다.

보고 듣는 것에서 일어날 수 있습니다.
만나거나 헤어질 경우 찾아질 수 있습니다.

먹고 잠자는 것에서도 자연스럽게 일어납니다.
힘들게 배우고 익힐 때 찾아들기도 합니다.

무엇을 알았을 때도 하늘이 도와주었다고 합니다.
한 줌 숨을 쉬는 순간에서도 빛처럼 반짝입니다.

지금 이 순간에도 가능합니다.
지금 이곳에서도 가능합니다.

기대보다 크게 얻으면 어느 때고 일어납니다.
기대보다 작아도 일어날 수도 있습니다.

진정으로 받아들이기만 한다면 얻을 수 있는
마음의 귀한 선물입니다.

기쁨

아주 커다란 웃음이다.
내가 꽃이 되어 향기를 맡는 것이다.

어머니가 따뜻하게 아기를 보고 있다.
아기가 그 어머니의 눈을 느끼며 놀고 있다.

아이가 처음으로 기차를 타는 일이다.
소년이 소녀에게 첫눈에 반하는 만남이다.

첫 아이를 낳고 부부가 축하하는 자리이다.
원하는 집을 가졌을 때 찾아드는 웃음이다.

씨앗을 뿌려 익은 열매를 얻는 일이다.
선생의 지식을 학생이 즐겁게 가져간다.

좋아하는 음식을 맛보는 즐거움이다.
신비한 나라, 사람을 만나는 경험의 이어짐이다.

음악이 가슴에 들어와 노래와 멜로디가 된다.
글이 마음에 들어와 시가 된다.

삶의 시간이 매 순간 선물이고 축복이 된다.
숨을 쉬고 있는 것이 살아 있는 감동이 된다.

지복

최고의 만족이다.
더 이상의 기쁨이 없다.
더 이상의 분리와 비교가 없다.

하늘에서 꽃이 떨어지는 황홀이다.
보름달에 어둠이 황금빛으로 변하는 것이다.

더 이상의 일(책임)과 역할(의무)이 없다.
할 일이 모두 끝나 그 무엇이 모르게 일어난다.

살아가는 것이 축복이며 기도이며 은혜이다.
살아 있음이 고요이며 평화로움이며 깊은 침묵이다.

지복은 지혜가 낳은 깨달음이다.
신의 소리가 완전히 채워진 충만감이다.

오직 사랑이 전부이다.
오직 행복이 전부이다.

그대가 느끼는 모든 것이 자유로움이다.
그대가 숨 쉬는 모든 순간이 진실이다.

성취

기쁘게 이루는 것이다.
편안하게 전부를 얻는 것이다.

한 순간에 그 하나를 보는 것이다.
한 시간에 하나의 수업을 듣는 것이다.

그날 할 일을 모두 마치는 것이다.
한 달에 계획한 5권의 책을 읽은 것이다.

1년에 봄에 씨앗 뿌려 가을에 수확하는 것이다.
5년에 대학을 마치거나 직업을 얻는 것이다.

10년에 집, 병, 늙음, 이별을 만나고 키우는 것이다.
30년에 꿈을 이루고 다음 인생을 준비하는 것이다.

60년에 인생을 돌아보며 남은 삶을 정리하는 것이다.
70년에 순리에 따라 행동과 말이 일치하는 것이다.

100년에 인간이 진리를 배우고 지혜를 얻는 것이다.

아이

물처럼 마음이 순수하다.
바람처럼 생각이 가볍다.

세상이 모두 놀이이다.
사람이 모두 친구이다.

보는 일이 모두 배움이다.
듣는 일이 모두 기쁨이다.

움직임이 모두 춤이다.
말하는 것이 모두 노래이다.

눈이 빛나고 피부가 곱다.
가슴이 따뜻하고 얼굴은 웃음이다.

사랑을 먹고 자라 사랑의 향기를 뿜어낸다.
하늘의 소리를 듣고 진실만을 말한다.

땅 위에 살고 있는 하늘세계의 꽃이다.
부모가 모시는 신의 화신이다.

부자

가진 자이며 아는 자이다.
넉넉한 자이며 여유로운 자이다.

말과 행동이 비단같이 부드럽다.
눈빛과 목소리가 어머니의 가슴처럼 따뜻하다.

소중한 것을 남모르게 나누는 자이다.
주는 것을 머리 숙여 받는 자이다.

고마움을 고마움으로 아는 자이다.
감사를 감사로 주고받는 자이다.

이웃에게 미소로 안부를 묻고 답하는 자이다.
아이에게 먼저 웃음으로 안녕 하고 말하는 자이다.

하늘과 땅, 산과 강 등에 감사하는 자이다.
아픈 자나 약자를 차별 없이 대하는 자이다.

나를 사랑하고 웃음과 감사로 대하는 자이다.
남을 존중하며 정직과 진실로 대하는 자이다.

스승과 가르침으로 삶을 배우고 익히는 자이다.
참된 나를 탐구하고 진실을 아는 자이다.

나 알아보기

진정한 자신을 알고 있나요?
진정한 자신을 본 적이 있나요?

나는 누구인가요?
그대가 아는 이름과 몸인가요?

그대가 알고 있는 나는 무엇인가요?
그대가 아는 나를 알려 줄 수 있나요?

내 얼굴은 어떻게 볼 수 있나요?
거울을 보면 바로 알 수 있지요.

내 마음은 어떻게 볼 수 있나요?
생각을 글로 적어 보면 금방 알 수 있지요.

내 마음을 어떻게 보여 줄 수 있나요?
내가 말하면 바로 볼 수 있지요.

내 인생은 어떻게 알아볼까요?
인생의 얼굴인 꿈을 찾으면 볼 수 있지요.

나를 알면 삶의 주인으로 살 수 있어요.
나를 보면 남에게 보여 줄 수 있어요.

꿈

꿈꾸는 자가 얻을 수 있는 보물입니다.
소중하여 하늘의 운도 필요합니다.

가슴의 열정으로 찾아낸 보배입니다.
삶이 꽃필 때 신이 주는 열매입니다.

사랑이 찾아와 번개 치는 경험입니다.
인생을 밝게 이끌어 주는 등불입니다.

아이 때는 하늘을 나는 것입니다.
어른이 되어 아버지가 되는 것이기도 합니다.

인생에서 보물을 찾는 일이 쉽게 될까요?
생각하는 대로 척척 만들어질까요?

큰일은 한 번에 일어나지 않습니다.
위대한 일은 한순간에 이룰 수가 없습니다.

하늘에게 은혜 주실 것을 간절히 기도합니다.
소중한 것에 관심과 정성을 다해 봅니다.
그리고 꾸준히 자신을 믿고 가는 겁니다.

사랑

사랑은 오직 사랑뿐입니다.
사랑으로 숨 쉬고 살 뿐입니다.

내게 이해타산이 없어요.
당신께 아무런 의도가 없어요.

언제나 따뜻하고 온유하며
늘 참고 기다립니다.

탐욕이나 성냄이 없으며
이기심이나 어리석음이 없어요.

자비로움과 지혜가 있으며
행복과 평화로움이 가득하지요.

신의 말씀이 가슴에서 숨을 쉬며
가르침이 마음에서 밝게 빛납니다.

그저 신처럼 존경하고 감사로 대하도록 합니다.
나를 자각함이 한순간도 멈추지 않습니다.

사랑은 스스로 존재하는 신입니다.
따뜻한 마음이 저절로 확장되고 넓혀 갑니다.

연애

오롯이 사랑으로 녹는 일입니다.
당신에게 눈멀어 신을 보는 일입니다.

삶에서 일어나는 가슴의 열광적인 폭풍이며,
우연히 찾아오는 생명의 아름다운 진동입니다.

이름을 부르면 심장이 빨개집니다.
생각하면 내 앞에 그대만이 있습니다.

다른 생각이 떠오르지 않습니다.
다른 사람을 만나도 당신만이 있습니다.

숨 쉬는 호흡에서 그대의 숨결을 느낍니다.
눈을 감고 있어도 그대의 빛에 환합니다.

어떤 대상을 만나야 연애가 일어날까요?
부모에게는 아기가 되기도 합니다.

자유인으로 살 수 있는 돈이 될까요?
신에게 기도하여 얻을 수 있는 천국일까요?

한번 연애하면 위대한 일들이 일어납니다.
가슴이 열리는 사랑과 배움이 일어납니다.

놀기

자유로운 시간을 보내는 것입니다.
자유로움이 노래하는 기쁨입니다.

가족들과 음식을 맛있게 먹어 봅니다.
아기에게 신기한 옛날이야기를 들려줍니다.

아이들이 마음껏 달리기를 합니다.
산에 올라 새로운 것을 봅니다.

청년이 소녀를 만나 설렘으로 밤을 새웁니다.
다른 도시이거나 나라까지 여행을 갑니다.

어른이 되어 결혼의 문을 열기도 합니다.
직업을 얻어 부모의 품에서 독립을 합니다.

나를 알아주는 이를 만나 마음을 전해 봅니다.
대지 위에 꽃을 심고 나무를 기릅니다.

나를 좋아하며 즐겁게 살아가는 것입니다.
남을 존중하며 가까운 친구가 되는 것입니다.

마치 구름이 바람에 날려 여행을 하는 것이며
숲에서 새들이 즐겁게 노래하는 것입니다.

먹기

음식만 먹는 것이 아니다.
수많은 것들을 먹어야 건강해진다.

부모의 사랑을 먹어야 한다.
따뜻한 마음과 건강한 심장을 얻는다.

형제들의 정을 먹어야 한다.
남이 친구가 되어 만나게 된다.

예술문화와 체육을 먹어야 한다.
몸이 튼튼하고 가슴은 감동으로 자라난다.

선생님들이 전하는 지식을 먹어야 한다.
상식과 교양을 갖춘 시민으로 변한다.

스승의 가르침을 먹어야 한다.
자신을 알게 되고 빛을 밝히기도 한다.

하늘이 주는 자연의 순리를 먹어야 한다.
신의 섭리가 있음을 감사하게 된다.

진실을 먹고 자라야 한다.
하나의 진실이 되어 세상을 진실하게 한다.

배움

아름다운 인간이 되는 것이다.
사랑과 존중으로 사는 것이다.

도(道)에 이르면 죽어도 여한이 없다는 말이 있다.
사람이 잘 배우면 진실이며 지혜의 증거가 된다.

배움은 그대를 자유롭게 한다.
자신과 남을 좋아하며 관계한다.

삶이 주는 고통에서 배우기도 한다.
사람이 주는 진실에서 배우기도 한다.

따뜻한 인정이 가르침을 주기도 한다.
쓰레기를 줍는 것에서 가르침을 얻기도 한다.

나무를 키우며 꽃길을 걸어도 배울 수 있다.
원숭이가 새끼를 살피는 것을 보아도 배울 수 있다.

삶의 매 순간이 생명의 존귀함을 알려 준다.
한 호흡마다 삶과 죽음을 보여 주며 가르친다.
삶은 사랑으로, 진실하게, 자유롭게 살라 한다.

인간답게 아름다우려면 배워야 한다.

믿음

진실의 힘이 살아 있는 증거이다.
내가 손을 내밀면 상대방이 잡는다.

나와 상대방은 완전히 다른 세계다.
두 세계에 진실의 다리가 연결되는 것이다.

"아"라고 하면서 "어"라고 하면 안 된다.
"아"라고 하면 "아"라고 하는 것이다.

부모와 아이에겐 믿음이 있다.
친구와 동료에게도 믿음이 있다.

남편과 아내도 믿음이 있다.
사람들은 상식이라는 규칙을 믿으며 산다.

믿음은 사실과 실재가 힘이 된다.
진짜 보고, 진짜 들으면 되는 것이다.

시간이 지나거나 장소가 달라도 같은 것이 된다.
이름을 잘못 듣거나 의미를 잘못 볼 수가 있다.

진실은 스스로 빛이 나며 힘이 있다.
믿음은 진실이 하는 행동이며 말이다.

노력

힘을 모아 계속하는 것이다.
대상(목적)으로 끊임없이 가는 것이다.

숨 쉬는 것도 살기 위한 노력이다.
먹는 것도 유지하는 노력이다.

내가 말하는 것도 알리는 노력이다.
남 이야기 듣는 것도 알려는 노력이다.

책 읽는 것도 알려는 노력이다.
스승에게 배우는 것도 알려는 노력이다.

모든 순간이 삶을 배우는 노력이다.
모든 것이 하늘의 살아 있는 노력이다.

그대는 인생에서 무엇이 목적인가?
사람은 세상에서 무엇이 목적인가?

자신의 길을 가고 있는지 궁금하다.
생명이 목적을 다하고 있는지 궁금하다.
신은 어떤 일을 하고 있는지 궁금하다.

기도

하늘에 감사로 절하는 것이다.
세상에 간절히 구하는 것이다.

감사로 절하면 존경이 깊어진다.
원하는 것이 간절하면 절실하다.

잘살게 해 달라고 빌어 본 적이 있는가?
남이 잘 되기를 기원해 본 적이 있는가?

자유롭기를 기도한 적이 있는가?
평화롭기를 빌어 본 적이 있는가?

말하는 일에 감사해 본 적이 있는가?
보는 것에 고마워해 본 적이 있는가?

산다는 것은 인간에게는 신의 손길이다.
삶이 신의 선물임을 잊지 말라!

안다는 것은 사람에게는 신의 만남이다.
신을 만날 수 있는 기도를 잊지 말라!

껍데기

양파를 벗겨 보면 속이 없다.
전부 껍데기인 것이다.

대부분 몸을 자신이라고 여긴다.
마음이 몸에서 모두 나온다고 생각한다.

몸은 외부의 껍질이며 하나의 껍데기이다.
가슴은 감정의 껍질이며 다른 껍데기이다.
의식은 마음의 껍질이며 속껍데기이다.

겉만 보이는 말과 행동을 진짜로 믿고 반응한다.
어떤 이는 느끼는 것과 감정에 빠져 동화된다.

다른 사람들은 의도를 보고 대응한다.
소수는 자신이 껍데기임을 알고 꽃이 된다.

어쩌다 마음을 알아보고 다 안다고 생각한다.
속 깊은 마음의 의도도 결국 껍데기이다.

하루 오만 가지의 생각이 껍질을 새롭게 한다.
마음을 보았다고 믿다고 하면 안 될 일이다.

껍데기는 진짜 속이 아니다.

열매

최고의 열매가 진실이다.
최상의 맛을 줄 것이다.

진실은 썩지 않는다.
다른 것들도 진실하게 한다.

진실은 오직 하나이다.
무엇도 섞이지 않은 순수함이다.

하늘의 신비가 드러나 있다.
내가 진실하면 남에게도 진실하게 된다.

다른 아름다운 열매는 사랑이다.
주는 것과 받는 것 모두가 행복하다.

세상에는 아름다운 열매들이 많다.
살아 있는 생명들이다.

생명은 세상에 열리는 신의 열매이다.
생명 자체로서 존귀하다.

모두 진실하여야 한다.
서로 사랑하여야 한다.

약속

믿는 것이 진실이 되는 것이다.
주는 것과 받는 것이 금이 되는 것이다.

내가 말한 것을 행하면 진실이 된다.
다짐한 것이 이루어지면 편안하다.

남에게 말한 것을 행하면 진실이 된다.
말이 행동으로 전해져 믿음이 된다.

세상에게 말한 것을 행하면 진실이 된다.
세상에 나오게 되며 업적이 된다.

신에게 말한 것을 행하면 진실이 된다.
신에게 전해지며 기도가 된다.

스승에게 말한 것을 행하면 진실이 된다.
스승에게 전달되며 깨우침이 된다.

약속은 살아 있는 관계이다.
말한 것과 들은 것을 그대로 하면 되는 것이다.

진실이 자라고 위대한 업적이 된다.
밤하늘의 별처럼 수많은 진실이 생명을 얻는다.

실천

매일매일 꾸준히 하는 것이다.
즐겁고 기쁘게 이루는 것이다.

아침을 먹고 학교에 가는 것이다.
저녁을 먹고 잠을 자는 것이다.

친구들과 동네에서 노는 것이다.
사람들과 공원을 걷는 것이다.

그대가 살아서 행동하는 모든 것이다.
살아 있는 자체가 살아 있음의 실천이다.

실천은 단순하다.
내가 하는 것을 알아채는 것이 전부이다.

내가 본 것을 보았다고 아는 것이다.
내가 먹은 것을 먹었다고 아는 것이다.

사람을 만날 때 만났다고 아는 것이다.
들었을 때 상대가 말한 것을 아는 것이다.

내가 하는 것을 아는 것이 실천이다.
내가 모르면 실천이 없는 것이다.

실행

행동으로 말하는 것이다.
행동으로 듣는 것이다.

말이 행동이 되어 나타나는 것이다.
생각이 행동이 되어 드러나는 것이다.

아기는 생각과 행동이 바로 일어난다.
먹을 때 먹고 잠잘 때 잠잔다.

아이도 말과 행동이 바로 일어난다.
엄마라고 말하고 품에 안긴다.

어른은 말과 행동이 언제 일어날지 알 수가 없다.
말을 많이 해서 행동이 못 따라간다.

말이 무성하면 행동은 따라 할 수가 없다.
할 말만 하면 행동이 따라갈 수가 있다.

말은 행동이 아니다.
행동으로 보여 주어야 한다.

아는 말이나 할 수 있는 말만 하라.
행동으로 드러나야 진실이 되어 힘이 된다.

행복

지극하게 좋은 만족이다.
누구나 얻을 수 있지만 모두 다르다.

돈을 원하면 돈이 행복이다.
예술가는 명작이 행복이다.

아이는 놀이가 된다.
부모는 아기가 된다.

병자는 건강이 된다.
가난한 자는 부자가 된다.

아이는 어른이 되기도 한다.
노인에게는 젊음이 되기도 한다.

일하는 자는 노는 것이다.
노는 자는 일하는 것이다.

주는 것이 되거나 받는 것이 될 수도 있다.
아는 것이 되거나 모름이 되는 경우가 있다.

그래서 살아 있는 모든 것이 된다.

안다는 것

내가 가진 것이다.
줄 수 있는 것이다.

남을 의지하지 않는다.
남의 것을 빌려 쓰지 않는다.

고민을 정리하고 버릴 수 있다.
문제를 알아보고 해결할 수 있다.

생각을 말로 표현하고 전달할 수 있다.
몸을 건강하게 돌보며 살아갈 수 있다.

편안하게 생활을 꾸려 갈 수 있다.
따뜻한 대화와 친밀감을 나눌 수 있다.

꿈을 찾아내서 기쁘게 이룰 수 있다.
사람을 존중하고 교양 있게 행동할 수 있다.

자연을 존중하고 순리를 따르며 산다.
상식과 법규를 따르며 산다.

신의 말씀을 듣고 기도를 올리며 산다.
진리의 길을 배우고 명상하며 산다.

모른다는 것

내 것이 아닌 것이다.
보지 못하고 볼 수 없는 것이다.

남의 것을 내 것이라 착각하고 쓴다.
남처럼 되려고 닮게 행동한다.

고통과 병을 주며 산다.
생활이 불규칙적이고 불안하다.

머릿속에 늘 고민이 활동한다.
말과 행동이 일치하지 않는다.

생계가 어려울 만큼 게으르다.
냉정하게 대하고 거칠게 말한다.

꿈이 없어 사는 일에 열정과 재미가 없다.
시기하고 욕하며, 성내고 다투며 미워한다.

자연을 하찮게 여기며 파괴하기도 한다.
상식을 따르지 않고 세상을 속이며 산다.

내가 귀하다고 남을 함부로 여긴다.
거짓을 따르고 남의 것을 탐하며 산다.

지혜

세상을 분명하게 보는 눈이다.
생각을 바르게 결정하는 의식의 힘이다.

마음의 커다란 자유이다.
돈의 통제를 벗어날 수 있는 능력이다.

고민이나 고통이 되기 전에 해결한다.
말하거나 행동하기 전 여러 번 생각한다.

남의 경험을 귀하게 여겨 배우고 익힌다.
좋은 일이나 행동을 음식을 먹듯 받아들인다.

같은 실수를 하지 않으려고 다양하게 살펴본다.
모든 일을 자신이 책임지고 행동한다.

자신을 진짜 좋아하고 사랑하고 존경한다.
다른 생명을 소중히 여기고 대한다.

삶을 소중히 여기고 세상을 이롭게 한다.
진실을 말하고 행동하며 자유롭게 산다.

4부

인 생

생명이 세상에 보여 주는 춤, 노래, 모든 행동이다.
지구에 그대라는 꽃을 활짝 피우는 것이다.

태어남

생명이 숨을 시작하는 것이다.
사랑이 결실을 얻어 꽃으로 나오는 것이다.

꽃이 핀 것을 본 적이 있나요?
애벌레가 나비가 된 것을 본 적이 있나요?

얼음이 물로 되는 것을 본 적이 있나요?
알을 깨고 나오는 새를 본 적이 있나요?

태어남은 다른 존재로의 변화이며 시작이다.
이전의 것들은 더 이상 알아볼 수가 없다.

아이가 어른이 되어 결혼하면 부부가 태어난다.
여인이 아이를 출산하면 어머니가 태어난다.

예술 작품을 꺼내면 작가가 태어난다.
발명품을 찾아내면 발명가가 알려진다.

스승에게 가르침을 얻으면 제자로 거듭난다.
내면의 정원에서 자유를 얻으면 스승이 된다.

새로운 세계에서 새 생명으로 사는 일이다.

죽음

생명의 가장 큰 이별이다.
다른 세계로 연결되는 신비의 다리이다.

꽃이 피면 봉오리는 사라진다.
나비가 날갯짓하면 애벌레는 흔적이 없다.

얼음이 물로 변해 형체가 사라진다.
새가 알을 깨고 나오면 알은 쓸모가 없다.

죽음은 완전한 단절이며 완벽한 변화이다.
생명에는 죽음이 없고 죽음에는 생명이 없다.

아이는 어른이 아니고 어른은 아이가 아니다.
처녀는 어머니가 아니고 어머니는 처녀가 아니다.

스승을 만난 제자의 자아는 살 수가 없다.
내면의 신성을 만나면 자의식은 살 수가 없다.

탄생과 죽음은 그 역할이 거의 동일하다.
생명이 나오는 것과 사라지는 것의 이름일 뿐이다.

동쪽 반대가 서쪽이듯이 보는 곳이 다를 뿐이다.
탄생은 죽음이고 죽음은 탄생의 다른 이름일 뿐이다.

인생

사람이 인생이며, 하나뿐인 생명이다.
몸과 이름을 사용하며 평생의 역사를 가진다.

부모가 있으며 형제자매가 있다.
한 집에 살며 말을 배우고 같이 먹고 잠잔다.

학교에서 친구를 사귀고 세상을 배우게 된다.
이성과 교제하고 결혼으로 독립된 가정을 가진다.

일하면서 먹거리와 잠자리를 해결한다.
선후배 관계가 생기고 취미생활을 한다.

꿈을 찾아내고 이루기도 한다.
병이 나기도 하고 늙어 가면서 역할이 작아진다.

생명이 다해 태어나기 전으로 돌아간다.
태어나 무덤에 들기까지 시간과 역할의 전부이다.

인간으로 살다가 근원으로 돌아가는 것이다.

가족

한집에 같이 사는 사람들이다.
보통 부모와 자녀, 부부가 함께한다.

음식을 같이 하고 함께 잠잔다.
매일의 안부와 일과를 같이 한다.

좋은 일을 함께하고 기쁨을 나눈다.
어려운 문제를 풀고 고통도 나눈다.

탄생으로 새로운 만남을 축하한다.
죽음으로 떠나는 일원을 슬퍼한다.

가족들의 대화와 할 일로 정을 쌓는다.
같은 학교와 도시에서 활동한다.

부모와 형제자매는 서로 닮는다.
사는 동안 가깝고 오랜 시간을 나눈다.

삶의 중요한 순간마다 참여하고 함께한다.
좋은 선후배가 되어 삶을 응원한다.

일과

하루 동안에 하는 일상의 과정이다.
아침부터 잠들 때까지 매일의 행동이다.

아침에 깨어 정신을 차린다.
몸의 컨디션을 살피면서 움직인다.

자리에 앉아 오늘 하루를 돌아본다.
하는 일, 만나야 할 사람, 갈 곳을 생각한다.

가족들과 아침 인사와 식사를 같이 한다.
각자 가방을 들고 일터에 출근한다.

동료와 즐겁게 일하고 점심을 같이 한다.
저녁에 일을 마치고 친구를 만난다.

집에서 저녁을 먹으며 가볍게 휴식한다.
하루를 돌아보고 내일을 위해 잠이 든다.

무의식적으로 매일을 살아가는 분들도 있다.
어떤 이는 하루하루 특별한 의미로 살아간다.

당신의 하루 역사이자 기록이다.
물이 바다에 이르듯이 그 종착지를 알 수가 없다.

학교

요즘은 평생 교육이라고 한다.
평생 학교를 다녀야 하는 시대이다.

최초의 학교는 집이다.
먹고 자는 것, 이름과 호칭, 말하는 법을 배운다.

두 번째는 세상의 학교이다.
어린이집, 유치원, 초등학교에서 대학원까지이다.
친구와 이성, 지역과 다른 나라를 경험하며 배운다.

세 번째는 직장이다.
사회와 세상, 성공과 실패를 책임지며 배운다.

네 번째는 학원 등의 각종 평생 교육 기관이다.
취미, 어학, 음식 등 생활 기술을 즐기며 익힌다.

다섯 번째는 휴식하고 회복시켜 주는 자연이다.
하늘, 땅, 산과 들, 동식물 등 다양하다.

여섯 번째는 지혜와 자유를 알려 주는 사원이다.
불교, 기독교, 천주교 등 종교 시설이 있다.

시기별로 맞는 교육을 스스로 받아야 한다.

우정

남과 친구가 되어 친하게 지내는 것이다.
집 밖에서 나를 믿어 주는 새로운 가족이 된다.

자신을 흠뻑 좋아해 본 적이 있는가?
자신을 가까이 대해 본 적이 있는가?

내 얼굴을 알려면 거울을 보아야 한다.
매일 보다 보면 작은 변화도 알 수가 있다.

내 얼굴을 알듯이 마음을 보아야 한다.
내 마음을 알아야 좋은 친구를 찾을 수 있다.

토끼와 거북이는 친구가 되기 어려운 조건이다.
사는 곳이 달라 만나거나 경험을 전하기 어렵다.

쥐와 고양이도 친구가 되기 어려운 만남이다.
먹이가 되거나 원수가 되는 것이다.

우정은 자주 보고 즐겁게 놀면서 쌓아 가는 것이다.
만나기 힘들거나 서로 적이 된다면 어려울 것이다.

마음이 닮아 서로 웃음이 나오면 된다.
볼수록 좋고 기쁨과 믿음으로 평생을 간다.

식당

사람이 밥 먹는 곳이다.
먹어야 살 수 있듯이 무척 중요한 곳이다.

그대는 누구와 밥을 먹는가?
일단 안전하고, 편안하며 좋아하는 사람과 할 것이다.
밥은 아무나하고 먹지 않는 중요한 권리이다.

그대는 어떤 비용으로 밥을 먹는가?
밥은 어찌 보면 내 생명을 팔아 얻은 소중한 것이다.
피와 땀으로 번, 내 돈으로 먹어야 하는 것이다.

그대는 밥을 어떻게 먹는가?
한 끼는 반찬과 밥, 국으로 에너지를 가지고 있다.
생명을 유지하는 것이 밥임을 알아야 한다.
어떻게 먹겠는가? 오래 살려면 간절하게 먹으면 된다.

먹는 것 속에는 먹는 것 이상이 있다.
여러모로 의미 있는 것들이 잘 보이지 않는다.

내 피와 땀은 아무렇게나 버리지 않는다.
내 피와 땀이 아무렇게나 만들어지지 않는다.

먹는다는 것은 소중하고 중요한 일이다.

돈

만남에는 시간, 물질, 마음이 오고 간다.
이해관계인 돈거래가 반드시 일어난다.

아득한 옛날 물물교환 하던 시절 들고 다니는
불편을 해소하고자 만든 것이 돈이다.

필요할 때마다 바꾸어 쓸 수 있으니
글자를 발견한 것처럼 생활이 편리해졌다.

모두 좋아하니 힘이 강력해지고 탐하게 됐다.
작은 물건이었지만 오히려 구속받게 된다.

현재는 물과 공기와 같은 것이 되었다.
세상이 돌아가는 데 반드시 사용된다.

시간을 살 수 있으며 인생을 바꿀 수도 있다.
자존감을 높이며 마음을 전하기도 한다.

내 행복을 위해 배우고 알아야 한다.
벌기, 쓰기, 키우기를 알면 전부를 배우는 것이다.

돈을 아는 자를 부자라고 한다.
내 도구이며 일꾼임을 잊지 말라!

파이어족

삶의 주인이 되어 돈을 일꾼으로 부린다.
경제적 독립과 조기 은퇴를 얻은 자이다.

자기가 어떻게 살아야 행복한지 아는 자이다.
자기가 원하는 일을 하면서 사는 자이다.

시간의 부자이며 돈을 위해 일하지 않는다.
가족들과 좋은 시간과 경험을 나누는 자이다.

열정적으로 시간을 보내며 사회에 기여한다.
저축, 투자, 제2의 보조 직업으로 생활비를 얻는다.

삶의 주인이 되도록 사람들을 안내한다.
일상에서 여유와 기쁨, 충만감을 얻는다.

삶에 대한 정신적 자각이며 깨우침이 있다.
자기 인생에 대한 이해와 받아들임이 우선한다.

자신을 사랑하고 타인을 사랑한다.
한 번뿐인 인생과 시간을 소중히 여긴다.

사는 것

원하는 것을 비용을 주고 바꾸는 것이다.
대상을 선택해서 돈과 시간을 들이는 것이다.

만들어진 물건이 일반적이다.
의식주라는 입을 옷, 먹을 것, 사는 집이 대표적이다.

자연적인 것도 있다.
물, 공기, 나무, 산 등의 자연이다.

지식, 타인의 힘을 요하는 서비스도 있다.
병원치료, 치안, 배달 등 도움을 받는 것이다.

가상공간, 로봇 등 4차 산업 시대 신기술이 있다.
플랫폼, 인공지능 등 인간을 넘어선 기술들이다.

원하는 것과 구하는 곳을 알아야 한다.
가격과 지금 감당할 수 있는지 검토해야 한다.

이것을 사면 얻는 것이 무엇인지 알아야 한다.
또는 잃는 것이 무엇인지 알아야 한다.

늘 최고의 선택이 되어야 한다.
물건 알아보는 것은 수많은 선택과 비용이 든다.

나누는 것

가진 것을 균형 있게 배분하는 것이다.
시간, 돈, 마음을 고르게 나누어야 한다.

잠이 좋다고 하루 종일 잠잘 수 없다.
꿀이 달다고 꿀로만 식사를 할 수 없다.

부모가 좋다고 집에서만 있으려고 한다.
친구와 놀려고 밖에서만 있으려고 한다.

사랑에 빠져 잠시도 떨어지지 못한다.
돈이 좋다고 사람보다 돈을 귀하게 여긴다.

내 종교만 참이라고 한다면 눈이 먼 맹신자이다.
내가 아는 것과 기준만 맞는다고 고집한다.

가진 것을 무리하지 않고 편안하게 써야 한다.
무리하면 욕먹고, 병나고, 외톨이가 된다.

나눈다는 것은 계산할 줄 안다는 것이다.
한쪽만 한다면 나머지는 전부 잃는다.

시간, 돈, 마음을 계산할 줄 알아야 한다.

계획하기

천 리 길을 한걸음에 갈 수는 없다.
하루아침에 집을 지을 수 없다.

일을 나누어서 하는 것이 계획이다.
긴 시간, 많은 돈, 큰 문제에는 준비가 필요하다.

학교 과정도 보통 20여 년의 시간이 필요하다.
어른이 되려면 20여 년의 성장이 필요하다.
인생도 평균 수명인 85세 정도가 필요하다.

계획은 미리 계산해 보고 실행하는 것이다.
큰일을 하려고 미리 알아보는 방법이다.
크다고 잘 보지 않으면 고생이 많아진다.

사람에게 큰일은 무엇인가?
아마도 인생일 것이다.
청년(학습), 중년(세상살이), 노년(정리)으로 보면 좋다.

한순간에 해서는 안 되는 결정은 무엇인가?
어떤 역할과 소요 시간을 정하는 것이다.
집, 사회, 직장에서 하는 일이 된다.

인생은 아주 중대한 것이라 충분히 알아보고 써야 한다.

건강

일을 즐겁게 꾸준히 할 수 있는 힘이다.
문제를 편안히 해결하는 능력이다.

사람이 가장 원하는 일은 무엇일까?
아마도 목숨과 관련된 오래 사는 일일 것이다.
내가 죽어 사라지면 아무것도 소용이 없다.

오래 살려면 좋은 방법이 무엇일까?
잘 자고, 잘 먹고, 잘 버리는 일이다.
한 개라도 문제가 생기면 생명이 줄어든다.
그러니 모두 소중히 여기고 잘하면 좋다.

해결할 수 없는 문제는 무엇일까?
내가 아닌 남과 관련된 일이다.

흔히 고민이라고 하고 고통이라고 한다.
내 것만 마음대로 할 수 있다.

다른 사람이나 물건은 어찌할 수가 없는 것이다.
남의 것을 내 맘대로 할 때 고통이 온다.

건강의 비결은 단순하다.
내 것만 내가 하고, 남의 것은 남이 하게 둔다.

이사

사는 집에서 다른 집으로 옮기는 것이다.
가족이 전부 가거나 일부만 가는 경우도 있다.

다른 곳으로 장소 이동이 있다.
모르는 곳이라 모르는 사람을 만난다.

익숙한 것과의 결별이라고 할 수 있다.
모르는 것과의 만남과 시도가 일어난다.

어느 곳으로 가야 좋은 일이 생길 것인가?
맹자 어머니처럼 옮기면 행복을 얻을 수 있을까?

먼저 작은 곳에서 큰 곳으로 가면 좋을 것이다.
10평에서 50평, 작은 도시에서 큰 도시로 가면 된다.

낮은 곳에서 높은 곳으로 가도 좋을 것이다.
1층에서 50층, 땅에서 산, 하늘, 우주로 가면 된다.

문제에서 해결로 가도 좋은 것이다.
고민에서 자유, 가난이 부자로 말이다.

이사는 마음 내키는 대로 하거나 자주 해서는 안 되지만
어느 시기가 되면 꼭 해야 할 일이다.

병

아픔이 심해 전문가의 치료가 필요하다.
혼자 해결하기 힘들고 시간을 요한다.

음식이 과하면 체중이 늘고 비만이 된다.
일이 과하면 몸이 무겁고 나중에 직업병으로 변한다.

음식을 적게 먹으면 마르고 저체중이 된다.
일이 없으면 무직이 되고 가난을 병으로 얻는다.

이성을 너무 좋아하면 상사병이 된다.
돈을 너무 좋아하면 구두쇠가 된다.

마음을 잘 쓰면 의지가 되나 과하면 스트레스가 된다.
적당히 몸을 쓰면 운동이 되나 과하면 통증이 된다.

아는 척을 많이 하면 교만이 된다.
있는 척을 너무 하면 거만이 된다.

병이라는 것은 과하거나 아주 부족한 것이다.
없는 것을 있다고 하거나, 있는 것을 없다고 하는 것이다.

내 것을 함부로 써서 못 쓰거나 고장이 나는 것이다.
아프다는(불편, 고민) 것은 병이 주는 사전 경고이다.

보는 것

눈으로 볼 수 있는 것은 모양이다.
가슴으로 볼 수 있는 것은 느낌이다.
마음으로 볼 수 있는 것은 아는 것이다.

몸으로 보는 것은 지식, 정보, 세상이며 경험이다.
가슴으로 느끼는 것은 기(氣), 예술작품, 감정이다.
마음으로 아는 것은 원리, 이치, 지혜이다.

국어, 과학 등과 같이 보이는 세상을 정보로 배운다.
기쁨, 음악 등에서 따뜻하다는 감정과 느낌을 배운다.
본질, 자유, 행복의 보이지 않는 실체를 앎으로 배운다.

본다는 것은 아는 것이고 잘 보이는 것이다.
형체를 잘 보면 돈, 건물, 물질을 잘 쓸 수 있다.
느낌을 잘 보면 가슴이 따뜻해지고 예술을 알아볼 수 있다.
앎이 잘 보이면 지혜가 많아지고 사람을 존중할 수 있다.

보는 것은 눈과 머리로만 보지 않는다.
가슴과 마음으로만 보는 것도 아니다.

세 개의 눈을 적시 적소에 잘 써야 한다.

독서

책을 읽고 해석해서 정리하는 것이다.
인류의 역사, 경험, 지혜라는 보물을 얻는 것이다.

돈과 물질을 다루는 분야의 책도 있다.
인간의 도리, 몸과 정신에 대한 것들도 있다.
동물과 식물, 산과 바다에 대한 것들도 있다.
신과 진리, 자유와 평화에 대한 것들도 있다.

인류가 시작하여 현재까지 쌓아 온 문화의 총체이다.
한 인간은 인류에 대한 하나의 씨앗이기도 하다.
인류의 발전은 개개인의 노력이 더해진 것이다.

책을 읽는 것은 한 개인의 발전에 기여하는 것이다.
개인의 발전은 인류라는 책을 발전시키는 것이다.
개인도 하나의 책이며 경험이며 역사이다.

음식을 먹으면 영양분이 쌓여 건강해진다.
책을 읽으면 마음의 지혜가 생긴다고 한다.
몸은 물론 마음의 양식인 책도 먹어야 한다.

얼굴에는 교양을 담은 눈빛이 웃음으로 드러난다.
마음에는 밝은 지혜가 생겨 내 삶을 살찌운다.
당신의 삶은 빛이 되어 세상을 건강하게 한다.

산책

동네를 한가롭게 걷는 것이다.
집 주변의 공원이나 숲을 지나간다.

사람들은 매일의 음식처럼 즐겁게 하고 있다.
어제 본 얼굴, 한 달 전부터 인사하는 어르신도 보인다.
가벼운 걸음에서 하루의 짐과 고민들이 정리된다.

혼자 걷거나 여럿이 하는 그룹도 있다.
가끔씩 웃음소리가 들리기도 한다.
걷다 보면 이마에 땀방울이 흐르기도 한다.

산책은 간식처럼 짧고 간결한 것이 좋다.
산을 오르는 것처럼 힘들고 길게 하면 피곤하다.
무거운 것으로 근력을 키우는 것도 아니다.
하루 일과에서 잠깐 동안 틈을 찾는 일이다.

걷다 보면 기분도 좋아지고 흥이 난다.
노래를 부르거나 친근한 이웃들이 생기기도 한다.
혼자 할 수 있는 즐거운 놀이이기도 하다.

일과 가정에서 벗어나 혼자일 수 있다.
작은 휴식이 되지만 꾸준히 하면 큰 힘이 된다.
지금 하는 일이나 10년 후 인생도 관조할 수 있다.

직업

일하고 돈을 버는 일이다.
어른이 되어 다니는 학교가 된다.

매월 급여가 평가 점수가 되고 연봉이 1년의 결과이다.
생활에 쓰이며 할 일, 만남, 권역이 결정되기도 한다.

자영업, 사업주, 기업의 주인이 되기도 한다.
일당, 주당, 월, 년, 평생 노동자도 있다.

주인이면 사업체를 이끌어 가야 한다.
전체를 책임지고 전부를 얻는다.

종사자는 사업체를 따라가야 한다.
일부분만 책임지고 그만큼 얻는다.

직업은 어른이 되면 입어야 할 옷이다.
한 번에 찾을 수도 있으나 여러 번 고르기도 한다.

또한 그 사람의 신분이 되기도 한다.
선생, 가수, 야구 선수 등 다양하다.
수시로 바뀌거나 평생을 가기도 한다.

한 번은 입을 수 있는 옷이니 폼 나면 좋다.

관계

둘이 있어 상호 작용이 일어나는 것이다.
여럿이 만나 선택 작용이 발생하는 것이다.

사람과 사람의 상호 작용이다.
이해타산(좋고 싫음, 진실과 거짓)이 오고 간다.

사람과 사람의 연결이다.
단단하면 친구나 배우자, 가족과 자식이 된다.
끊어지면 남이거나 싸우거나 피해야 할 적이 된다.

사람과 사람의 거리이다.
가까우면 좋아지며 편안하고 함께하고 싶다.
멀어지면 미워지고 불편하고 같이하면 열 받는다.

사람과 사람의 속도이다.
한쪽이 빠르면 부딪치고 그냥 지나친다.
두 쪽이 같으면 편안하고 즐겁고 행복해진다.
한쪽이 움직이지 않으면 기울어져 상처만 된다.

관계는 함께하는 만남의 예술이다.
사람이 꽃이 되고 약이 되기도 한다.
사람이 적이 되고 원수가 되기도 한다.

약속 지키기

해야 할 일을 정하고 하는 것이다.
내가 중심이 되며 돈, 시간, 마음을 쓴다.

내가 정한 할 일이 있다.
남과 정하고 해야 할 일이 있다.

자신에게 하는 일이 수신(修身)이다.
몸을 위해 먹고, 자고, 생각하고, 선택, 결정하는 일이다.

가족에게 하는 일이 제가(齊家)이다.
가족을 즐겁게 대하고 밥 먹고 이야기하며 사는 일이다.

남에게 하는 일이 치국(治國)이다.
돈 벌고 쓰는 경제활동과 지역의 일원으로 사는 일이다.

즐겁고 행복한 인생을 사는 일이 평천하(平天下)이다.
가족을 따뜻하게 대하고 행복한 인생을 살아야 한다.
이웃과 잘 지내고 사회를 이롭게 하면서 사는 일이다.

그대에게 약속을 주어야 한다.
약속을 지키면 내가 좋고 세상살이가 즐겁다.
산다는 것은 매 순간의 선택이며 약속의 과정이다.

실행하는 것은

정한 것을 소중히 여기고 하는 것이다.
매일 생각하고 다짐하며 행동하는 것이다.

가고 싶은 곳을 가는 것이다.
먹고 싶은 것을 먹는 것이다.

알고 싶은 것을 배우는 것이다.
만나고 싶은 이를 만나는 것이다.

사랑이 일어날 때 사랑을 하는 것이다.
어려운 이를 보았을 때 도와주는 것이다.

돈을 벌고 싶을 때 일하는 것이다.
꿈을 실현하고 싶을 때 꾸준히 가는 것이다.

한 순간에 할 수 있는 걸음이 있다.
한 시간에 할 수 있는 음식이 있다.

한 세월에 할 수 있는 직업, 취미, 가정이 있다.
한 인생을 걸어야 하는 꿈, 사랑, 깨우침이 있다.

몸과 마음으로 하고 얻어야 마무리가 된다.
내 선택(결정)이 행해지고 실현되는 것이다.

귀환

할 일을 마치고 제자리에 돌아가는 것이다.
집과 고향, 자신에게 돌아가 쉼을 주는 일이다.

수업이 끝나면 학생은 집으로 돌아간다.
일이 끝나면 직장인은 집으로 퇴근한다.

밥을 먹으면 방으로 돌아간다.
책은 읽으면 서가에 꽂혀진다.

만남이 다하면 이별하고 혼자가 된다.
남과 가까워지면 친구가 되어 돌아간다.

생을 다하면 죽음으로 가는 것이다.
죽음은 다음 생으로 갈아타는 정거장이다.

한 인연이 다하면 다른 인연이 시작된다.
목적이 이루어지면 다시 처음으로 돌아간다.

사람은 사랑으로 태어났으니 사랑으로 돌아가리라.
생명이 있는 것은 사랑이 시작과 끝이 된다.

돌아가는 일은 휴식과 쉼을 주는 것이다.
편안함과 자유가 있는 곳으로 돌아가는 것이다.

행복이란

바라는 것이 이루어져 기쁨으로 충만한 것이다.
원하는 것이 채워져 바람이 사라진 것이다.

목마름이 극에 달하면 한 동이의 물일 것이다.
배고픈 자는 진수성찬이 될 수도 있다.

사랑에 목숨을 건 자는 사랑이 될 수도 있다.
가족과 살 수 있는 전원주택이 될 수도 있다.
에베레스트 산에 오르는 일이 될 수도 있다.
우주로 나가 지구를 보는 일이 될 수도 있다.

자신의 성품을 보는 것이 될 수도 있다.
하루살이는 다음 날을 보내는 것이 될 수도 있다.

위대한 일, 사소한 일, 모두 될 수도 있다.
나에게 일어나야 된다고 한다.
남에게 일어나야 된다고 한다.
지금이나 먼 훗날 일어나야 된다고 한다.

고통이나 병이 없어야 행복한 이들도 있다.
이렇듯 있어도 되고 없어야 되는 것도 있다.

때와 장소, 사람과 물질을 넘어선 흐뭇한 만족이다.

5부

지 혜

세상을 높은 곳에서 바라보니 나의 원리가 찾아진다.
사람이 하나의 신비이며 가장 아름다운 꽃이다.

존재

그저 있음이다.
있다는 것이다.

있음의 있다는 것의 자각이다.
있다는 것은 자각의 다른 표현이다.

모든 것의 시작은 존재, 있다는 것이다.
모든 것의 끝도 존재, 있음일 뿐이다.

존재를 나라고 하면 나는 있다는 것이다.
나는 있다는 것의 자각이다.

하나인 것은 시작과 끝, 하나이며 전체이다.
모양과 분리, 만들어진 것이 아무것도 없다.

아무것도 알 수 없는 것이 있다는 것이다.
오직 하나이며, 있다는 것의 자각일 뿐이다.

세상

있다는 것의 그림자가 세상이다.
존재가 둘로 나누어져 얻어지는 이름이다.

하나가 분리되고 구분되어 나누어지는 것이다.
모양이 생겨 보이는 것과
보이지 않는 것이 나타난다.

나 이외에 분리된 다른 것을 볼 수 있다.
시작과 끝, 부분과 전체, 있음과 없음,
음과 양으로 드러난다.

이름이 없는 것에서 이름이 생겨난다.
존재가 겉으로 드러난 것이 이름이다.

존재는 존재 자체가 살아 있는 방법이다.
이름으로 사는 것이 세상이며
존재가 활동하는 방법이다.

세상은 매 순간 분리되고 분열되고 구분된다.
한순간도 멈추지 않는 것이 살아 있는 방식이다.

세상은 끊임없이 이름을 복제한다.
형상이 있는 것을 끊임없이 생산한다.

소리

있다는 것의 몸 활동이 소리이다.
존재는 생명이며 에너지이며
진동으로 살아 있다.

소리가 세상에 나와 소통하게 되니 말이다.
지구와 우주, 사람과 동물,
산과 바다도 소통한다.

말이 사람에게 맞는 기술이 되니 글이다.
몸, 가슴, 마음까지 꺼내어 전달하거나 들을 수 있다.

글이 사는 세계를 책(지식, 정보)이라고 한다.
소리가 비로소 보이는 실체를 담을 수 있게 된다.

소리는 존재의 드러남이다.
만물은 말로써 소통하고 화합하며 발전된다.

살아 있는 것들은 모두 소리가 있다.

시간

만물을 존재하게 하며
생명을 주관하는 신이다.

과거, 현재, 미래라는 몸으로 활동하며
세상이 나타나고 유지되며 사라지게 한다.

빛으로 세상을 보여 주기도 하며
어둠으로 감춰지게도 한다.

태양과 달을 운행시켜 낮과 밤을 만들며
일하고 쉬게 한다.

봄, 여름, 가을, 겨울로 자연을 움직인다.
생, 노, 병, 사로 사람을 움직인다.

생명을 살아 있게 하는 연속성이다.
찰나라도 틈이 생기면 그 순간에 사라질 것이다.

몸이 유지되지 않으면 바람에 먼지처럼 날릴 것이다.
생각이 이어지지 않으면 기억은 구름처럼 흩어진다.
마음이 계속되지 않으면 아는 일은 모래알처럼 분리된다.

시간은 만물을 존재케 하는 생명에너지의 계속됨이다.

공간

보이지 않는 허공의 세계이다.
물질을 현상에 드러나게 하는 바탕이 된다.

보이는 공간이 물질이다.
보이지 않는 허공도 물질이다.

물질이 현상으로 나타나는 것이 형상이다.
허공이 현상으로 나타나는 것이 빈공간이다.

보이는 세계는 물질이 대접을 받는다.
형상이 있어 사용할 수 있기 때문이다.

빈 공간은 사람들에게 대접받지 못한다.
보이지 않으니 쓸 수 없다.

생명의 지속성이 시간이라고 한다.
형상의 지속성이 공간이 된다.

만물은 시간과 공간의 합작물이다.
둘이 없으면 아무것도 없는 존재가 된다.

공간이 형상의 아버지가 된다.
시간·공간이 있어야 비로소 물질과 이름이 작동한다.

마야(maya)

진실을 알지 못하는 것이다.
사실을 보지 못하는 것이다.

가짜를 진실로 아는 것이다.
장막을 치고 보는 것이다.

자신을 속이는 것이다.
보지 못하는 것을 감추는 것이다.

모르는 것을 안다고 생각한다.
없는 것을 있다고 착각한다.

변하는 것을 고정된 것으로 고집한다.
부분을 보고 전체를 보았다고 주장한다.

순간만 있는 것을 영원하다고 착각한다.
실체라고 아는 것이 정보의 이미지이다.

실재일 줄 알고 만지니 신기루이다.
구름처럼 허공에 형체를 만드는 것이다.

모든 것이 한 줌 꿈이라는 것이 마야이다.
내가, 진짜 나를 모르게 하는 모든 세계이다.

위대한 일

위대한 뜻과 지혜가 담겨져 있습니다.
위대한 배움과 사랑이 담겨져 있습니다.

사람에게 위대한 일은 어떤 일일까요?
돈을 많이 벌어 부자가 되는 일일까요?
세상을 이롭게 좋은 정치를 하는 것일까요?
아마도 그 질문은 옛날에 찾은 것 같습니다.

공자 왈, "아침에 도를 이루면 저녁에 죽어도 여한이 없다"
소크라테스 왈, "나는 내가 나를 모른다는 것을 안다"
"도"나 "나"는 어찌 보면 진리이거나 진짜 자신인
참 나를 말하는 것일 겁니다.

한 인간에게 가장 위대한 일이 나를 아는 일이 됩니다.
나를 아는 일은 자신을 가장 사랑하는 일이 됩니다.

나를 사랑하는 일은 자신을 가장 소중히 대하는 일이 됩니다.
나를 소중히 대하는 일은 자신을 가장 행복하게 하는 일이 됩니다.

나를 행복하게 하는 일은 세상을 널리 이롭게 하는 일이 됩니다.
세상을 널리 이롭게 하는 일은 결국 나를 아는 일이 됩니다.

보물

신의 보물은 사람입니다.
바로 당신이 신의 아들이며 보물인 것입니다.

무슨 가치가 있어 사람은 신의 보물이 되었을까요?
먼저 사랑으로 태어난 것이지요.
모든 이를 사랑으로 만나고 사랑만을 받을 뿐입니다
평생을 사랑으로 살고 사랑 속으로 사라집니다.

다음은 마음입니다.
생각하는 능력이며 아는 것의 힘이기도 합니다.
알아보고 구별하며 판단하고 결정하는 기능입니다.
자기 자신을 알아보고 세상의 모든 것을 볼 수 있지요.
구별해서 보는 것이니 편하고 바르게 대할 수 있어요.

끝으로 신을 존경하는 것이지요.
사람의 창조자가 사랑임을 잊지 않는 것입니다.
사람을 대할 때 신의 보물로 알고 존경합니다.
자연을 대할 때 신의 손길임을 알고 존중합니다.

보이지 않는 당신을 만나려고 노력합니다.
모든 일에서 당신이 현존함을 감사로 기도합니다.
내면에 숨겨진 당신에게 명상으로 녹아듭니다.

인과응보

하늘이 하는 일이 일이지요.
선하게 살아 복 받는 일입니다.

콩을 심으니 콩을 얻습니다.
선을 심으니 선을 얻습니다.

콩을 심고 팥을 기대했으나 콩이 되었습니다.
선을 심고 미를 기대했으나 선이 되었습니다.

팥을 심고 콩을 기대했으나 팥이 되었습니다.
악을 심고 복을 기대했으나 고통이 되었습니다.

무엇이든지 뿌리는 대로 거두는 것입니다.
욕심을 뿌리면 가난하게 됩니다.
성냄을 뿌리면 법의 심판을 받게 됩니다.
어리석음을 뿌리면 지탄을 얻게 됩니다.

무엇을 얻고 싶은 가요?
원하는 것을 얻으려면 맞는 씨앗을 뿌려야 합니다.

사랑으로 왔으니 사랑으로 사세요.
착하게 살면 하늘이 복으로 대접을 한다고 합니다.
당신이 하는 대로 하늘은 돌려줍니다.

음악

소리의 신비한 마술입니다.
음들이 조화로 어울려 가슴에서 춤이 됩니다.

태초에 음악이 있었습니다.
"옴"이라고 하는 신이 부르는 노래입니다.
소리 없는 소리, 침묵으로 노래를 부른다고 합니다.

다음은 자연에서 오는 음악입니다.
새소리, 바람 소리, 강과 파도 소리 등이 있지요.
자연의 순환과 변화를 노래로 보여 줍니다.

끝으로 사람이 만든 음악입니다.
신을 경배하는 찬송에서 시작됐다고 합니다.
지금은 목소리와 악기로 감동을 주고 있습니다.

사람에게 최고의 노래는 자연을 닮아진다고 합니다.
최고의 자연음도 신의 소리를 보여 줄 수 없다고 합니다.

신의 음악을 들으려면 침묵의 세계로 들어가야 합니다.
침묵의 소리는 하늘의 소리라 들을 수가 없습니다.

침묵은 명상으로만 갈 수 있는 세계이며 음악입니다.
신이 들려주는 노래를 들어 보시기 바랍니다.

사람

동굴에서 시작하여 땅 위의 주인이 되었다.
협력과 조화, 반복과 노력, 사랑과 이타로 위대해졌다.

불을 얻어 음식을 저장하며 집에서 살게 됐다.
벼를 기르고 쌀을 얻어 무리를 이루어 살게 됐다.

공동 작업으로 마을과 도시를 만들어 번성하게 된다.
돈을 만들어 물물교환으로 물질의 풍요를 나눈다.

글을 만들어 지식을 넓히고 전하며 누적한다.
법과 질서가 만들어지고 왕과 정치 조직이 발전한다.

나라가 만들어져 왕래와 소통으로 서로 이익 되게 한다.
사람이 많아지고 건물이 커지며 문화가 풍성해진다.

인간이 평등해지고 존귀해진다.
먹는 것의 생존을 넘어 사랑으로 이롭게 한다.

인간의 시작은 아주 미약하였다.
서로 돕고 이롭게 하면서 지금의 문명을 이루었다.
인간을 돕고 이롭게 하는 것이 인류를 발전시킬 것이다.

선택

인간이 자연스럽게 타고난 본능입니다.
보이는 세상이 발전하는 생명에너지입니다.

만들어진 것은 반드시 사라집니다.
보이는 것은 만든 것이라 어느 순간 사라집니다.

사람도 마찬가지입니다.
때가 되면 죽음을 건너 자연으로 돌아갑니다.

왔으니 다시 돌아가야 함에도 돌아가기가 싫어집니다.
내가 완전히 사라진다는 것을 받아들이기 두렵습니다.

그래서 사람은 사는 동안이 중요합니다.
삶의 모든 순간을 귀하게 여기게 됩니다.

내게 일어나는 모든 일이 소중합니다.
내게 행해지는 모든 것들이 귀해집니다.

사람은 모든 것 중에 자신을 가장 사랑합니다.
선택은 나를 가장 사랑하는 방법입니다.

내게 좋은 것을 주고, 보여 주고, 사는 일입니다.

비교

코끼리가 개미에게 물어봅니다.
너만큼 먹고 어떻게 살아갈 수 있다니?

원숭이가 늘보에게 물어봅니다.
너는 가는 것이니 멈춘 것이니?

지네가 뱀에게 물어봅니다.
발이 없이 걸으니 신선인가요?

초등학생이 대학생에게 물어봅니다.
지금 형처럼 클 수 있나요?

노인이 청년에게 물어봅니다.
나이를 먹으면 좋았는데 더 늙어만 갈까?

야구 선수가 축구 선수에게 물어봅니다.
어떻게 하면 축구 선구가 될 수 있나요?

비교는 남의 것을 크게 보고 부러워하는 일입니다.
남의 것을 좇다 보니 남이 되어 버립니다.

내가 얼마나 괜찮고 멋진 존재임을 알지 못하지요.
나를 믿고 사랑하면 진정한 내가 됩니다.

호기심

궁금해서 끊임없이 알아내는 마음입니다.
한번 일어나면 힘이 깨어나는 대상입니다.

어떤 일을 궁금해 본 적이 있나요?
궁금증을 풀고자 무엇을 해 본 적이 있나요?

아이들은 순수합니다.
산 너머를 알고 싶으면 시간이 걸리더라도
어떻게든 알아냅니다.

어른들은 복잡합니다.
다른 나라가 보고 싶어도 미룹니다.
마음만 있고 그만두는 경우가 많습니다.
일도 많고 돈이 든다고 시도도 하지 않으며
결국 미련만 가지고 실행하지 못하게 됩니다.

젊은이들은 다릅니다.
알고 싶은 것이 있으면 바로 움직입니다.
즉각적인 반응과 용기가 힘차게 이끌어 줍니다.

호기심은 간절한 시도이며 멋진 선물이 됩니다.
알려는 관심이 누구라도 젊은이를 만듭니다.

돕는 자

하늘은 스스로 돕는 자를 돕는다고 합니다.
내가 먼저 나를 도와야 하는 것입니다.

어떻게 나를 도와야 할까요?
무엇을 해야 자신을 돕는 것일까요?

그러면 먼저 알아보겠습니다.
나에게 무엇이 있을까요?
몸, 감정, 마음이 있을 겁니다.

몸과 감정, 마음을 도우면 될 것 같습니다.
흔히 컨디션이라고 잘 유지하면 됩니다.

내가 원하는 것은 무엇일까요?
부자가 되거나 꿈을 실현하는 것인가요.
아니면 사람들에게 존경을 받고 싶은가요?

하늘도 한꺼번에 들어줄 수는 없을 겁니다.
한 개를 정해서 시작하고 마무리해 보세요.
하나를 이루어 보면 자신감이 생깁니다.

여러 경험으로 숙련되고 해결 방법을 터득합니다.
그다음은 다른 것을 이루시면 돕는 것입니다.

높이 날자

높이 나는 새가 멀리 볼 수 있다고 합니다.
높은 곳은 세상을 볼 수 있는 곳입니다.

높은 곳에 올라가 보셨나요.
롯데월드타워에서 주변 건물을 편하게 볼 수 있지요.
한라산에서 아래의 많은 것들을 볼 수 있지요.

높은 건물과 산에서 무엇을 보고 온 건가요?
보고 오면 자신의 생활에 도움을 받나요?

어느 곳에 올라야 달라질까요?
어느 높이까지 올라야 볼 수 있을까요?

세상을 아는 지혜를 얻으려고 오를까요?
돈 잘 버는 기술을 배우려고 갈까요?

높이 나는 것이 지혜이거나 기술이 될까요?
아님 다른 무엇이 있는지 알려 주세요.

갈매기 조나단처럼 순간 이동하는 비행기술로
다른 세계까지 갈 수 있어야 위대해지는 걸까요?

높이 난다는 것이 무엇인지 알아야 날 수 있습니다.

방향

바람은 어디에서 오는 걸까요?
구름은 어느 곳으로 가는 걸까요?

나는 어떻게 살아야 행복할까요?
직장에서 어떤 태도로 일해야 만족할까요?

이성을 어떻게 만나야 사랑이 일어날까요?
남은 어떻게 대하여야 가까워질까요?

서울행 기차를 탔는데 부산에 도착하면 어떻게 할까요?
산 정상을 가려고 했는데 주변만 돌면 어떻게 할까요?

자신을 행복하게 한다고 돈만 벌면 행복일까요?
가족을 사랑한다고 죽도록 일만 하면 사랑일까요?

옳다고 알고 하지만 그릇된 일을 만나기도 합니다.
이롭게 한다고 하지만 손해를 입기도 합니다.

방향을 잘못 선택하면 정반대를 얻게 됩니다.
가는 길의 방향이 맞는지 중간중간 살펴야 합니다.

지금이라도 서 있는 곳이 어디인지 알아야 합니다.
늦더라도 방향이 맞는지 꼭 알아봐야 합니다.

커튼

커튼이 처져 있으면 밖은 알 수가 없다.
눈이 있어도 밖을 볼 수가 없다.

사람에게는 마음의 커튼이 있다.
자의식이라는 프레임이며,
몸을 자신과 동일하다고 여기는 것이다.
자신을 보호하고 방어하는 데 쓴다.
원하거나 필요할 때 자동으로 작동한다.

폭언이나 무서운 행동에는 꽉 닫는다.
힘든 일이나 고통을 줄 때 닫게 된다.
원하는 것은 활짝 열어 두기도 한다.

마음에 커튼이 처지면 보고 싶은 것만 보게 된다.
좋아하는 사람이나 원하는 일만 하게 된다.
자신도 모르게 사실을 보지 못하는 경우가 발생한다.

커튼은 그동안 쌓아 온 정보로 작동하는 자동반응이다.
마음에 들지 않는 것도 장막을 걷고 보아야 한다.
의식적으로 눈을 뜨고 순수하게 보아야 한다.

모든 현실에서 깨어 있어야 한다.
자동 반응으로 진실을 못 보면 큰일이 된다.

실수

남이 모른다고 일을 소홀하게 하는 것이다.
자신을 과신하고 말과 행동을 오버하는 것이다.

먹을 것을 즐긴다지만 살찌고 뚱뚱해진다.
일하는 것을 즐긴다며 자기개발 시간이 없다.

버는 것보다 쓰는 것이 많아 마이너스 달이 있다.
절약을 미덕이라 하지만 인색하다고 따돌림 당한다.

남의 말은 귓등으로 듣고 내 말은 귀하다고 많이 한다.
사람들의 상식을 벗어나는 경우가 종종 있다.

운동을 과하게 하고, 욕심내 다치는 경우가 있다.
돈을 빌리고 약속일에 주지 않거나 까맣게 잊어버린다.

시간, 돈, 관계 등에서 불규칙적이고 균형감이 없다.
일상의 시간을 낭비하고 할 일을 소홀하게 처리한다.

실수는 인정하고 해결해야 하며 반복하면 안 되는 것이다.
많아지고 잦아지면 큰 어려움이 되기도 한다.

잘 아는 고객이라고 단골식당에서 메뉴를 알아서 정해 보라.
만일 묻지 않았다면 손해가 어찌 될지 알 수 없다.

착각

대상을 그르게 보고 그렇다고 행동하는 것이다.
내 눈과 기준이 꼭 맞는다는 일방적인 행동이다.

보지 않은 것을 보았다고 생각한다.
모르는 것을 안다고 생각한다.

가본 적이 없는 곳도 갔다고 생각한다.
비슷한 사람을 아는 사람이라고 판단한다.

모든 사람이 다 똑같다고 생각한다.
돈에 사람의 인정을 잃어버린다고 한다.
욕심에 사람의 본심을 팔아 버린다고 한다.

사람이 본디 선하다고 고집한다.
사람은 본디 악하다고 주장한다.

안경을 쓰면 그 렌즈에 따라 세상이 보인다.
생각하는 것에 따라 좋고 나쁨이 달라진다.

가장 큰 착각은 내가 나를 안다는 것이다.
가장 못된 착각은 내가 하는 일은 모두 옳다는 것이다.
가장 일반적인 착각은 내가 하는 것은 다 맞는다는 것이다.
가장 대표적인 착각은 내가 해야 다 잘된다는 것이다.

오류

주는 것과 받은 것이 다르게 전달된다.
안다고 했으나 그것은 아는 것이 아니다.

두 개를 말했는데 다섯 개를 말했다고 한다.
이해를 했다고 하는데 오해가 더욱 커진다.

사과를 달라고 하는데 배를 준다.
집(주택)을 사려고 했는데 아파트를 보여 준다.

식당에서 만나자고 했으나 카페에서 기다린다.
칭찬을 주려고 했는데 악담이라고 받는다.

이 사람과 저 사람이 말(생각)하는 빵은 같지 않다.
한국은 디저트이고 프랑스는 밥이 된다.

내 생각과 내가 말하는 것도 같지 않다.
생각했던 말도 하다 보면 수시로 다른 말로 나온다.

내가 원하는 것과 결정하는 것이 자주 다르다.
내가 하는 말도 의미를 몰라 바르게 말하지 못한다.

누구나 생각의 주인임에도 어쩌지 못하는 경우가 대부분이다.

지식

정보를 보고 외우며 말할 수 있는 기억의 덩어리이다.
짧은 기간에 얻어지며 작은 시간이나 결정에 활용된다.

학교 학습은 정보를 얻는 최고의 장소이다.
컴퓨터, 휴대폰, 책으로 스스로 얻기도 한다.

단순하게 처리하는 정보이다.
여러 개를 조합·정리하면 고급 정보로 변한다.

대부분 상식으로 소통되는 정보이다.
세상에서 필요한 이름, 장소, 사용법들이다.

정보가 많아지면 잘난 척이 는다.
지식이 늘어나면서 일이 늘고 생각이 복잡해진다.

지식은 부분적인 앎이다.
단편적인 정보의 활동을 보여 줄 뿐이다.

음식을 먹는 것이 요리할 수 있다는 것은 아니다.
영화를 본다고 주인공의 능력을 얻는 것은 아니다.

워렌 버핏의 자서전을 본다고 부자가 될 수는 없다.
지식은 나를 지켜 줄 수 없는 작은 힘이다.

경험

들은 것은 보는 것만 못하다.
보는 것은 먹어 본 것만 못하다.

사과라고 듣지만 모양과 색을 알 수 없다.
사과를 본다고 속맛을 알 수는 없다.

훌륭한 위인의 이야기를 보는 것은 도움이 된다.
휴대폰으로 성공 사례를 찾아보는 것도 도움이 된다.
아는 선배의 성공 이야기를 들으면 큰 도움이 된다.

정보가 모여 쓰이는 것이 지식이다.
지식을 모아 체험하는 것은 경험이 된다.

대상을 직접 만지며 온몸으로 알아보는 체험이다.
몸으로 보고 듣고 느끼니 오랫동안 몸이 기억한다.

직접적인 행동으로 참여하고 알아보는 것이다.
몸을 움직여야 움직인 만큼 알아 갈 수 있다.

경험을 늘리는 데는 많은 시간이나 돈을 요구한다.
개인적인 것이라 세상에서 통용되기에는 부족함이 있다.

나만의 것이며 자신에게 많이 유용하다.

아는 것

아는 것은 보는 것이다.
이름과 실체, 이론과 경험을 가지고 알아보는 것이다.

그대의 이름이 그대인가요?
그대의 몸이 인생인가요?

짬뽕이라는 이름이 짬뽕이라는 실물인가요?
책속의 감동이 실제 주인공처럼 되는 것인가요?

된장국을 끓인다고 한식의 대가라 할 수 있나요?
음악을 해석한다고 작곡가라 할 수 있나요?

아는 것도 잘못 사용하면 제한적인 것으로 변한다.
주는 것이 상대방에게 그대로 전달되는 것은 아니다.

말하는 것에다 이름만 담을지 실체를 담을지 모른다.
상대방도 이름일 때 실체로 착각하는 경우도 있다.

이렇듯 아는 것도 전체를 아는 것이 아니다.
나와 남은 같지 않으며 같을 수가 없다.

아는 자는 결국 안다고 할 수 없는 것이다.
나와 타인을 존중하고 귀하게 대할 뿐이다.

지혜로움

경험을 종합 · 통합하여 새롭게 아는 것이다.
원석을 가치 있는 보물로 만드는 것이다.

경험하는 것은 몸으로 안다.
지혜로운 것은 마음으로 안다.

남의 인생을 통찰하고 나만의 인생을 찾는다.
타인의 삶을 통찰하고 나만의 꿈을 정한다.

세상 직업을 통찰하고 좋아하는 직업을 찾는다.
이성을 통찰하고 사랑하는 배우자와 결혼한다.

위인들을 통찰하고 훌륭한 가치관을 정한다.
종교들을 통찰하고 내 성품을 만난다.

지혜로운 자는 나와 다른 것들을 융화하여 성장한다.
높은 곳에 올라 보면 세상의 흐름을 볼 수 있다.

세상에 알려진 이야기는 지혜로움이 드러난 증거이다.
한 체험이 세상을 변화시키는 사람이 된다.
한 성공이 세상을 이롭게 하는 모델이 된다.
한 인생이 세상을 정화시키는 빛이 된다.
한 삶이 세상을 행복하게 하는 가르침이 된다.

6부

배 움

삶의 지혜를 습득하고 온몸으로 실천하는 것이다.
모든 경험이 감동이 되고 기쁨이 되는 것이다.

기적

사랑이 신입니다.
신의 아들이 사람입니다.

사람이 기적입니다.
당신이 기적입니다.

숨 쉬는 일이 기적입니다.
사는 일이 기적입니다.

보는 일이 기적입니다.
듣는 일이 기적입니다.

말하는 일이 기적입니다.
먹는 일이 기적입니다.

생각하는 일이 기적입니다.
아는 일이 기적입니다.

사랑으로 사는 것이 기적입니다.
행복으로 사는 것이 기적입니다.

당신의 삶 모든 것이 기적입니다.
살아 있는 모든 것들이 기적입니다.

어른

몸과 마음이 건강합니다.
혼자서 결정하며 책임을 집니다.

생활에 질서가 있고 할 일을 미루지 않습니다.
직업이 있고 스스로 생계를 해결합니다.

가치관으로 삶을 해석하고 풀어 갑니다.
행복을 알고 이루기 위해 살아갑니다.

자신을 사랑하고 좋아합니다.
세상을 보고 배우는 것을 즐깁니다.

생각이 독립적이며 자유롭습니다.
낭만이 있으며 아름답습니다.

남을 인정하고 존중합니다.
세상 상식을 따르며 무시하지 않습니다.

사회의 일원이 되어 이롭게 합니다.
세상에 작은 빛이 되고자 합니다.

시간과 돈의 중요성을 인식하고 아끼며 키웁니다.
땀과 진실의 가치를 알고 소중하게 사용합니다.

이웃

가까이에서 만나는 사람입니다.
보고 말도 할 수 있는 사이입니다.

옆집에 살고 있는 남입니다.
자주 보고 음식을 나누기도 합니다.

직장에서 만나는 동료입니다.
커피를 마시며 고민이나 즐거움을 나눕니다.

단골집 카페, 식당에서 만나는 주인과 손님입니다.
가끔 보며 안부를 묻고 친분을 나눕니다.

사진, 요가와 같은 취미교실 선생님과 회원입니다.
배움을 나누며 자랑과 칭찬을 소통합니다.

이웃은 지금 같은 길을 가는 자들입니다.
같은 곳에서 시간을 보내는 자들입니다.

관심과 호기심이 비슷합니다.
나이나 직업을 떼고 만나 격 없이 대합니다.

사촌보다 좋은 것이 이웃입니다.
자주 봐도 편안하고 기쁜 만남입니다.

인연

옷깃만 스쳐도 인연이라고 합니다.
알거나 모르거나 만남의 시작입니다.

오늘 만나는 사람은 누구일까요?
정할 수 없는 것이 인연이지요.

오늘까지 만나는 사람은 누구일까요?
기간을 알 수 없는 것도 인연입니다.

오늘 만나는 사람에게서 어떤 기분이 들까요?
날마다 달라지는 컨디션도 인연입니다.

우연히 일어나는 만남이 계속됩니다.
친구가 되고 연인이 됩니다.

만남이 깊어져 간절해지고 변하게 됩니다.
부부가 되고 가족이 됩니다.

만남은 목적과 끝을 모르는 흐름입니다.
강처럼 흐르다 보면 바다처럼 멋지게 되겠지요.

사람과 사람 사이가 신비하게도 달라집니다.
수많은 연결이 끝도 없이 펼쳐지고 이어집니다.

홀로 서기

자신의 일을 혼자 하는 것입니다.
스스로 독립하며 인정받는 자리입니다.

나이와 상관이 없습니다.
돈이 있고 없음에도 관련이 없습니다.

자신의 일을 자신이 하는 것입니다.
직접 참여하고 고민하고 해결하는 것입니다.

학생 때는 학생의 본분을 다하면 됩니다.
공부하고 친구와 좋은 시간을 보내면서요.

어른이 되면 일이 조금 많아집니다.
먹거리 해결이 무엇보다도 크게 좌우합니다.
직업을 가지며 사회생활을 하게 되지요.

사회라는 경쟁세계에서 사는 법을 배웁니다.
자신의 결정으로 성공과 실패를 책임집니다.

땀과 눈물을 흘리면서 사람의 소중함을 배웁니다.
돈을 벌고 잃기도 하면서 온갖 어려움을 겪습니다.

자신을 책임지며 존재의 이유와 가치를 실현합니다.

헝그리정신

진정한 간절함입니다.
원하면 이루어집니다.

썩은 물고기를 먹지 않겠다며 비행술을 익히고
높이 나는 새가 멀리 본다는 말을 남기며
전설 속의 위대한 갈매기가 됩니다.

가장 위대한 복서가 되겠다며 열심히 훈련하고
나비처럼 날아서 벌처럼 쏜다는 명언을 남긴
무하마드 알리가 있습니다.

하늘을 날겠다며 비행기를 만든
라이트 형제가 있고,
전구를 만들기 위해 수천 번의 실험을 한
집념의 에디슨이 있습니다.

아기도 수천 번을 넘어졌다 일어나는 연습으로
서서 걸을 수 있는 법을 배우는 것입니다.

우리는 서서 걸을 수 있는 위대한 일을
일찍이 한 것입니다.

간절하면 우공이 산을 옮기듯 다 이룰 수 있어요.

인내

원하는 것을 얻는 데 드는 모든 비용이다.
원하는 것이 클수록 비용이 더욱 커진다.

한 끼 식사를 식당에서 먹어 봤을 것이다.
땀으로 바꾼 돈을 내야 먹을 수 있다.

책을 읽어 본 적이 있을 것이다.
눈으로 보고 머리로 해석해야 한다.

인간관계도 비용이 필요하다.
숨 쉬고 사는 데도 비용이 필요하다.

산다는 것이 고통이라는 어떤 분이 있다.
산다는 것이 행복이라는 다른 분도 있다.

삶은 단 한순간도 공짜가 없다고 한다.
인생은 매 순간 이해관계라는 비용이 든다.

인내는 쓰다고 한다.
하지만 이 세상을 살게 하는 가치가 된다.

공짜가 없다는 것이 삶을 사랑하게 한다.
인생의 쓴맛이 진짜 단맛을 맛보게 한다.

매일

하루 24시간 활동의 연속됨이다.
누구나 똑같이 주어지는 신의 보물이다.

꼭 해야만 하는 시간은 무엇이 있을까?
먹는 일과 잠자는 일일 것이다.
하루라도 안 자고 안 먹으면 불편해지고 고통스럽다.
먹는 일과 잠은 무엇보다 우선해야 한다.

많이 보내는 시간은 무엇일까?
생각하고 일하는 것이다.
알다시피 먹고 살기 위해 평생 일해야 한다.
하루 온종일 한순간도 멈추지 못하고 생각한다.
생각하고 일할 때 즐거움으로 보내야 한다.
모두 즐거우면 좋은 인생이 되는 것이다.

매일은 하루 할 일이며 고통이며 짐일 수도 있다.
하루의 기쁨이며 행복이며 선물일 수도 있다.

당신의 하루하루가 선물 같은 날들이 되길 빈다.
잘 먹고 잘 자고, 일과 생각을 즐겁게 하면 된다.

내가 할 어떤 일이라도 기쁘게 할 수 있다.
기쁨이 하루하루 모아져 행복한 인생으로 살 수 있다.

산다는 것은

나를 위해 밥을 먹고, 잠을 자고
꾹 참으면서 일도 하고 월급도 받는 것이다.

친구들과 산과 들에서 마음껏 놀고,
가게에서 옷도 사고 짜장면을 먹기도 한다.

가끔 산 넘고, 강을 건너 여행도 가고
아이, 노인, 젊은이를 만나 이야기를 나누기도 한다.

몸이 무거워 침대에서 뒹굴거리기도 하고
직장에 늦을까 봐 아침을 못 먹고 출근하기도 한다.

어느 날 오후 하늘을 보면서 커피를 마시다
구름에 날려 다른 세상을 꿈꾸기도 한다.

흐린 날에는 직상 상사의 호통을 받고
동료들과 그 상사의 뒷말도 한다.

책을 보고 음악을 들으면서 홀로 시간을 가지며
지나온 세월을 다시 돌아보기도 한다.

별이 아름답게 밤을 수놓듯이 오늘도 나의 하루에
씨앗을 심고 좋은 열매가 맺어지길 빌어 본다.

사랑한다는 것은

어느 대상에 푹 빠져 뜨겁게 타오르는 것이다.
기준이 되었던 상식과 가치관이 홀연 사라진다.

돈에 빠지면 구두쇠나 부자가 된다.
사람에 빠지면 은혜하거나 원수가 된다.

나무에 빠지면 목수가 되거나 숲을 만든다.
흙에 빠지면 농부가 되거나 도자기 명인이 된다.

종교에 빠지면 신이 된 착각이나
공(空)의 오류에 도달한다.
철학에 빠지면 이성적인 착각과
비이성적 오류를 즐긴다.

삶을 사랑하면 빛나는 사람이 된다.
사람을 사랑하면 인생이 빛나게 된다.

자신을 사랑하면 지혜로운 자가 된다.
가르침을 사랑하면 스승이 된다.

사랑한다는 것은 아름다운 일이다.
사랑 속에서 사랑만으로 살아갈 수 있다.

용서

이해하고 너그럽게 봐주는 것이다.
무거운 짐을 내려놓게 하는 아름다운 배려이다.

훔친 빵 한 조각을 용서했다면 장발장은 따뜻했을 것이다.
999명을 살인한 앙굴리 말라도 용서받고 성자가 되었다.

사람인지라 수많은 실수를 하며 상처를 주고받는다.
양심에 꺼리는 일을 하면서 스스로가 아파한다.

솔직하지 못한 일에 오랫동안 가슴이 불편하다.
작은 도움이 필요한 사람을 외면하고 마음이 무겁다.

가족들에게 잘하려고 하지만 화를 자주 낸다.
내가 할 일들을 포기하고 스스로 미워하게 된다.

사람들은 자신을 용서하지 못해 무거운 짐들과 생활한다.
짐에 눌려 하루하루가 더 괴롭고 고통스럽다.
왜 그래야 했는지, 그럴 수밖에 없음을 알면 해결된다.
진정으로 이해하면 신기하게도 짐은 가볍게 사라진다.

용서는 어둠속을 헤매는 나에게 내가 주는 빛이다.
부족하고 잘못했어도 인정하고 다시 기회를 주는 것이다.
다른 이들도 같다고 여기며 잘되기를 응원하는 것이다.

좋은 이성

나에게 좋은 남자는 어떤 사람일까?
나에게 좋은 여자는 어떤 사람일까?

먼저, 말이 통하는 것이 제일이다.
말은 속마음을 보여 주는 일이라 통하면 참 좋다.

먹는 음식이 잘 맞으면 좋다.
본능적인 기호인지라 맞추거나 바꾸기가 어렵다.

다음은 많이 가지면 좋은 것들이다.
먼저 웃음인데, 마음이 건강해야 웃음이 자주 나온다.

두 번째는 자기 놀이가 있으면 좋다.
취미는 자신을 충전하고 이성과 놀 수 있는 힘이다.

그리고 서로 넘지 말아야 할 것을 지키는 것이다.
내 입장만 주장하면 상대방을 무시하는 것이다.
결국 자신만 보게 되어 서로 등지게 된다.

둘이 산다는 것은 행복과 고통을 같이 지고 가는 것이다.
한쪽이 강하면 기울어지게 되어 멀어지고 떨어진다.
존중은 서로를 지키는 강력한 힘이 있다.
각자의 입장이 무엇인지 알아보고 조정하는 것이다.

선생

내게 무언가를 알려 주는 것들입니다.
나이가 많거나 경험이 풍부하신 분들입니다.

최초의 선생님은 부모님이라고 합니다.
먹고, 마시고, 말하는 것 등 사는 것에 대한
전반적인 것을 보고 배우도록 합니다.

다음은 학교의 선생님입니다.
영어, 수학, 도시, 나라를 정보로 배웁니다.

그다음은 친구, 선배, 상사, 동료들인 남입니다.
관계, 이해타산, 살아가는 능력을 익히고 배웁니다.

사람 말고도 다양한 선생들이 있습니다.
책, 영화, 드라마, 방송 등의 매체입니다.
인류의 다양한 역사, 기술, 지혜를 배웁니다.

나와 세상에 알려진 문제와 고통입니다.
수많은 방법을 테스트하고 해결합니다.
내가 성장하고 변화됩니다.

선생님은 특별한 변화를 이끌어 줍니다.
주의 깊게 그리고 소중하게 대하면 됩니다.

결혼

건강한 두 성인이 새 인생을 출발하는 것이다.
존경하고 존중하고 귀하게 여기며 사는 것이다.

두 개의 개성이 한 집에서 다시 적응한다.
두 개의 마음을 하나로 맞추며 새롭게 만들어 간다.

한 집에서 밥 먹고 잠자고 행동한다.
상대편 부모와 가족 대하는 법을 익힌다.

뜨거운 사랑으로 시작하여 편안한 일상을 즐긴다.
직장이나 집안일을 함께하며 공동의 책임을 나눈다.

아이를 낳아 그들의 인생관을 전달한다.
각종 대소사를 함께하며 에너지와 시간을 할애한다.

상대방의 개성을 더 키워 준다.
인생의 길고 힘든 여정을 평생 같이한다.

시간, 돈, 마음, 친구, 가족 등을 공유한다.
인생에서 무겁고 힘든 짐을 함께 지고 가는 것이다.

믿음으로 가면 편안하고 한가롭다.
평생 동안 같은 길을 가게 되니 든든하다.

젊음

건강한 몸과 정신이 저절로 주어진다.
세상 지식을 배우고 몸으로 익히는 시간들이다.

수많은 사람을 만나고 자신을 알아 가는 시기이다.
인생, 꿈, 직업, 가족과 같은 삶의 핵심요소를 배운다.

높은 산에 오르거나 넓은 바다에 가기도 한다.
다른 도시나 나라에 가서 다양한 세계를 경험한다.

이성을 만나 사랑을 하고 이별도 한다.
선배를 만나 삶의 가치를 멀리 보기도 한다.

음악과 춤에 빠져 보고 그림을 그리며 영화를 본다.
카페와 오래된 식당에서 낭만을 즐기기도 한다.

삶이 하나의 보물임을 고생으로 배우기도 한다.
꿈을 찾아 인생을 꽃으로 피우려고 준비한다.

모든 것이 신선하며 찬란하다.
모든 만남이 설레며 황홀하다.
모든 시간이 배움이며 익힘이며 씨앗이 된다.

자신에 대한 깊은 고민과 사랑으로 방황한다.

늙어 감에 대하여

인생이 익어 가는 것이다.
의무가 작아지고 시간의 자유가 커진다.

황홀한 정점에서 내려가는 시간들이다.
역할과 관계가 작아지고 한가로워짐이다.

돈과 시간을 배려하고 쓰는 맛이 소중해진다.
받는 것보다 주는 것에 만족하고 편안하다.

남에게 요구하거나 탓하지 않는다.
자신에게 솔직하고 부족함을 받아들인다.

매일 보는 사람들과 주어진 시간이 보물처럼 귀하다.
한 끼의 식사, 하루의 산책, 편안한 잠자리가 좋다.

일이 작아지거나 퇴직하여 다른 세계를 살아간다.
사회와 직장에서 만났던 친구들이 하나둘씩 떠나간다.

체력이 약해지며 노안, 근육 저하, 살이 찌거나 빠진다.
기억력이 줄고 세상일에 저절로 관심이 적어진다.

지나온 인생을 돌아보며 살피고 반성한다.
부모를 여의며 아이들이 결혼하고 독립한다.

스트레스

생각이 문제를 일으켜 병이 됩니다.
내 마음대로 해 보려는 욕심이 받는 고통입니다.

내 마음대로 세상은 돌아가나요?
내 뜻대로 사람들이 좌지우지될 수 있나요?
내 생각대로 살아가고 있나요?

세 가지 중 어느 것도 안 될 것입니다.
그것은 신만이 할 수 있는 일이니까요.

당신은 신이 되고 싶은가요?
아니면 인간이기를 거부하는 것인가요?

개미가 코끼리처럼 크지 않다고 누구를 원망할까요?
거북이가 독수리처럼 날지 못한다고 신을 욕해야 되나요?

빌 게이츠처럼 돈이 없다고 부자를 원망할까요?
소크라테스처럼 지혜가 없다고 학자를 욕해야 하나요?

내 현재를 부정해서 생기는 모든 것이 스트레스입니다.
다른 말로 하면 지금 만족하면 스트레스는 사라집니다.

자신을 믿고 사랑하면 되는 것입니다.

쉼

일이 있어도 틈을 만들어 한가로이 있는 것입니다.
열정을 잠시 식히며 다음 도약을 준비하는 것입니다.

일주일 중 토요일, 일요일은 쉬는 날입니다.
참 고맙고 감사하지요.
5일은 열심히 달리다가 2일은 내 시간이 됩니다.

쉬지 않고 일주일을 달린다면 어떻게 될까요?
어떤 틈이 필요하다고 느낄 것입니다.
학교 수업도 10분 휴식이 다음 수업을 위해 필요하듯이.

성공을 위해 몇 년을 밤낮없이 일했다고 합니다.
돈을 벌고 이름을 세상에 알렸습니다.
몸도 마음도 지쳐 전처럼 열정이 나지 않습니다.
재미도 적어지고 늦도록 일하면 짜증도 납니다.

지금껏 이루어 놓은 것을 잃을까 봐 두렵기도 합니다.
쉼이 필요하다는 소식입니다.

쉼은 열정을 도약하게 하는 충전하는 에너지입니다.
주말이라도 잠시 쉼이 있어야 합니다.
뛰지만 말고 잠시 모든 것을 내려놓으십시오.
그리고 다시 뛰게 되면 더 빨리 나아갈 수 있어요.

반성하기

마음을 볼 수 있는 거울 중 하나입니다.
내 생활을 바르게 보고 정리하게 합니다.

아침에 일어나면 무엇을 할까요?
여러 일이 있지만 거울을 보실 겁니다.
얼굴이나 옷의 맵시를 살리고자 합니다.

왜 그렇게 매일 자신을 살피게 될까요?
그렇습니다. 남에게 잘 보여 주고 싶은 것이지요.
그래서 대접을 잘 받고자 하는 거지요.

그런데 왜 거울로 마음을 보지 않을까요?
다른 사람들이 보지 못한다고 생각하는 것 같아요.
내 것이라고 필요할 때마다 정리하려나 봅니다.

마음은 어떻게 세수하고 거울로 알아볼 수 있을까요.
내 일과를 돌아보면 세수하는 일입니다.
그런 후 좋은 일은 잘되게 하고 못한 일은
정리하는 것이 거울보기 입니다.
물에 씻기듯 깨끗해지고 예쁜 마음이 됩니다.

신기하게도 마음이 가볍고 자신감이 커집니다.
마음이 건강해지고 예뻐지는 기술, 어렵지 않습니다.

문

이쪽과 저쪽의 경계를 소통하는 장치이다.
좋은 것(분)들이 오고 가도록 잘 사용해야 한다.

보통 문은 열고 닫는 기능을 한다.
아무것도 하지 않으면 잠겨 있다.

늘 열려 있는 문도 있다.
잠겨 있지 않거나 원래 없는 경우도 있다.

눈을 닫으면 보이던 모든 것이 보이지 않는다.
보고 싶은 것을 보거나 보지 않을 수 있다.

입을 닫으면 말소리가 나가지 않는다.
하고 싶은 말을 꺼내거나 말하지 않을 수 있다.

귀는 늘 열려 있는 문이다.
아무 것이나 다 들어오니 선택과 정리가 필요하다.

생각은 늘 닫혀 있는 문이다.
말로 꺼내거나 행동하지 않으면 아무도 모른다.

사람에게 오고 가는 모든 것들이 소통하고 있다.
문은 기능에 맞게 잘 써야 한다.

연습

알려고 수없이 반복하는 것이다.
같은 것을 꾸준히 계속하는 것이다.

지루하기도 하고 재미도 없다.
즐겁기도 하고 얻는 것도 있다.

아기가 걷기 위해 수천 번을 넘어지고 일어선다.
엄마 아빠라고 말하려고 입 모양을 수없이 반복한다.

글을 배우려고 읽고 쓰기를 반복한다.
세상을 알려고 이름과 형상을 보고 기억한다.

수영을 배우려고 수없이 동작을 반복한다.
밥을 먹으려고 수없이 음식과 요리를 실습한다.

행복하려고 수많은 사람들의 모습을 따라해 본다.
하지만 매일 반복하는 것은 힘이 들고 어렵다.

연습은 무엇이 되기 위한 필수적인 행동과 노력이다.
기쁨과 웃음으로 반복을 즐기며 계속할 수 있을까?
한 번뿐인 삶을 위해 무엇을 꾸준히 연습해야 할까?

무엇을 알고 배우는 데 바탕이 되는 진정한 힘이다.

물어보기

당신은 무엇을 알고 있나요?
알고 있는 것이 충분하다고 생각되나요?

매일 아침에 무엇을 먹을지 잘 모른다.
오늘은 누구를 만나야 하는지 잘 모른다.

무엇을 해야 즐거운지 잘 모른다.
누구와 살아야 행복한지 잘 모른다.

참으로 모르는 것들이 많다.
어쩌면 모든 것을 모른다고 할 수 있다.

모르면 보이지 않으니 참으로 불편하다.
사람도 모르고 미래도 전혀 알 수가 없다.

나는 몰라도 아는 사람이 있을 것이다.
필요한 것을 답해 주거나 방법을 찾을 것이다.

모르면 물어보라?
분명히 답을 얻을 것이다.

질문이 있으면 분명히 답이 있다.
모르면 물어보고 또 알아보면 되는 것이다.

답하기

답은 질문이 있어야 얻는 것이다.
그래서 답은 질문이 항상 먼저이다.

누구에게 질문을 해야 할까?
무엇을 질문해야 답을 얻을 수 있을까?

나에 대한 질문을 남에게 하는 것이 맞는 것일까?
인생에 대한 질문을 물어봐도 되는 것일까?

답은 어찌 보면 정답이 없는 것이다.
나에 대해서 남이 나보다 알지 못할 것이다.
노인이라도 인생을 물어보면 알 수 없다고 한다.

사람은 스스로 묻고 답도 잘한다.
타인을 보다가 불현듯 답을 찾기도 한다.

사실 어려운 답은 시간만이 알고 있다.
지나간 것만이 바른지 그른지 결과를 알려 준다.
그 누구도 예외는 없다.
그러니 답을 모른다고 걱정할 필요는 없는 것이다.

그저 자신을 믿고 내 길을 가면 되는 것이다.
시간이 하는 일이니 잘된다고 생각하면 더욱 좋다.

초심

처음 만남에서 일어나는 순수한 마음입니다.
아무것도 모른다는 시작의 태도이기도 합니다.

첫 만남은 아무것도 모르는 만남입니다.
인사로 시작하나 모든 것이 낯설고 어렵습니다.

내가 하는 말을 상대방이 다르게 듣고 있네요.
상대방도 모르는 말로 이야기하니 답답해집니다.
그렇게 어려운 시간을 온 정신을 모아 풀어 갑니다.

시간이 지나면 존경하고 좋아하는 사람으로 변합니다.
모르는 사람이 사랑하는 사람으로 곁에 있습니다.
모르는 마음이 사랑으로 이끌어 주었습니다.

사랑하는 사람이 처음의 낯선 사람으로 돌아갑니다.
내가 처음의 마음을 잊어버렸기 때문입니다.

사랑하는 사람을 잊어버리지 마세요.
가슴이 찢어지듯 아프며 상대방도 아프게 합니다.

삶의 어느 순간에도 잃어버리지 마세요.
소중한 사람이 떠나 남은 것이 없게 됩니다.

학생

배우는 것을 좋아하는 사람들입니다.
부족하다는 것을 (늘) 잊지 않는 분들입니다.

우리는 무엇을 알고 있을까요?
보이는 물건을 안다고 할 수 있을까요?
이름을 말한다고 안다고 할 수 있을까요?

날씨가 점심때는 어떻게 될지 알 수 있을까요?
전화를 받기 전에 누구인지 알 수 있을까요?

삶은 모든 것이 모르는 것입니다.
사람도 모두 모르는 세계입니다.

안다고 하는 것이 없고 알 수도 없는 세상에서
무엇을 해야 할까요?

매일 배워야 함을 잊지 않는 것입니다.
공자님 말씀이 떠오릅니다. 배우니 기쁘지 아니한가!

배우는 것이 사람의 큰 기쁨 중에 하나입니다.
배움을 매일의 양식으로 먹는 아름다운 사람이 학생입니다.

삶은 당신에게 매일 앎이라는 기쁨을 선물할 것입니다.

길

인생은 수많은 길들이 있습니다.
처음에는 모두 모르는 길이었습니다.

시간이 지나도 갈 수 없는 길이 있습니다.
시간과 돈이 없어서 갈 수 없는 길이 있습니다.

마음이 없어서 가고 싶지 않은 길도 있습니다.
관심이 많아서 꼭 가는 길도 있습니다.

사람은 대부분 혼자서 걸어가야 합니다.
혼자 할 수밖에 없는 것들이 정말 많기 때문입니다.

부모, 친구 등과 같은 인연들이 길이 되어 오고 갑니다.
결혼, 직업, 자녀 등과 같은 인생의 긴 길도 있습니다.

인생은 홀로 살아가는 끝이 보이지 않는 길입니다.
높은 곳에 올라가면 시원스레 갈 수 있을까요?

순리를 알고 있는 강에게 물어봐야 하나요?
높은 곳에 있는 하늘에게 물어봐야 하나요?
아니면 늘 가까이하는 나에게 물어봐야 하나요?

인생은 모든 순간이 나만의 길이 되어야 합니다.

선하게 살자

앎이 최고의 선이라고 합니다.
무지가 최고의 악이라고 합니다.

선은 빛이 사는 세계입니다.
악은 어둠이 사는 세계입니다.

자신을 아는 일이 선이 됩니다.
자신을 모르는 일이 악이 됩니다.

자신을 이롭게 하는 것이 선이 됩니다.
자신을 해롭게 하는 것이 악이 됩니다.

남과 세상을 이롭게 하는 것이 선이 됩니다.
남과 세상을 해롭게 하는 것이 악이 됩니다.

매일 자신을 이롭게 하세요.
매일 남과 세상을 이롭게 하세요.

자신이 알고 말하면 되는 것입니다.
자신이 알고 행동하면 되는 것입니다.

당신은 매일 밝아지며 빛의 세계로 향할 것입니다.
말과 행동이 빛나게 되어 세상을 이롭게 할 것입니다.

신은 있는가

한 소년이 스승이 산다는 마을에 들렀다.
허름한 집에 눈이 아름답게 빛나는 노인을 만났다.

소년 왈, 인사드리며 식사를 했냐고 묻는다.
노사부 왈, 신이 주신 하루 한 끼를 먹었다고 한다.

소년 왈, 한 끼로는 부족하니 신에게 더 달라고 하세요.
노사부 왈, 신께서 한 끼라도 주니 감사하다고 한다.

소년 왈, 노사부 님은 신이 있다고 생각하나요?
노사부 왈, 신은 언제나 내 곁에 있단다. 아이야!
　　　지금 따뜻한 햇빛을 느끼고 있지 않니?
　　　나는 그렇게 신을 느끼고 있단다.

　　　숨을 쉴 때, 음식을 먹을 때 신을 느낀다.
　　　말을 할 때, 눈으로 세상을 볼 때 느끼기도 한다.

　　　신은 내가 존재하는 모든 곳에 있단다.

소년 왈, 한 끼의 식사와 허름한 집이 신이 한 일인가요?
노사부 왈, 지금 너를 만나는 것이 신이 하는 일이다.
　　　살아 있는 모든 순간에 신은 존재한다.
　　　신은 살아 있는 모든 것으로 나타나신다.

마치며

『노사부의 행복 노래』로 다시 인사드리게 되어
기쁘고 행복하다.

삶의 보물을 짧은 잠언으로 엮어 시처럼 노래로 전달하니
쉽게 읽어 보고 즐겁게 부를 수 있어서 좋다.

『쉬운 명상』, 『땡큐 명상』이라는 책을 통해 명상이 무엇인지,
일상에서 쉽게 할 수 있는 명상법 등을 소개했으며,
이번에는 삶을 명상의 놀이터로 즐기도록 한 잠언 시집이다.

삶은 우리에게 감동과 지혜, 감사를 주는 모든 것이며,
매일의 경험과 만나는 사람이며, 일상의 생활이기도 하다.

일이 주는 고통에서 땀의 소중함을 배우기도 하고,
사람이 주는 너그러움에서 이해와 사랑을 나누기도 하며,
지혜로운 자를 만나 행복한 인생 꽃을 피우기도 한다.

노사부는 어찌 보면 자신 가까이에 있는 사랑하는 사람이며,
웃음, 기쁨, 행복을 주는 삶의 무엇이기도 하다.

이번 행복 노래는 짧아서 좋고 쉬워서 좋다.
기쁨이 있고 웃음이 있어서 참 좋다.
편안함이 있고 한가로움이 있어서 더욱 좋다.

9살 때 아버지를 여의고 가난이 찾아왔고,
11살에 새 아버지가 오면서 집은 얼어붙었다.
한줄기 빛을 명심보감에서 우연히 찾아내었다.
선하게 살라는 가르침이 얼음을 녹이는 열이 되어
깜깜한 어둠에서 밝고 환한 빛이 되었다.

『명심보감』은 오래전 선배들이 발견한 약이다.
『노사부의 행복 노래』가 좋은 인연이 되어
약과 보배가 되는 삶의 명심보감이 되길 빈다.

늘 사람을 사랑하며, 사랑으로 이 세상을 살고 있는
노 선생과 이번에도 행복 노래를 같이했다.

우리의 노래가 당신에게 사랑스런 감동이 되길 빈다.
좋아하는 음악을 소파에서 느긋하게 듣는 것처럼,
가족들과 한가로이 마시는 커피처럼 편안하게……

아침마다 기도가 일어난다.
모든 사람들이 행복하기를 빈다.
모든 세상이 다 잘되기를 빈다.

"나마스테"

당신의 신성에 깊이 머리 숙이고, 존경으로 절한다.
사랑과 깊은 이해를 담아 감사의 절을 올린다.

노사부의 행복 노래

ⓒ 박희성 · 노명환, 2022

초판 1쇄 발행 2022년 2월 1일

지은이   박희성 · 노명환
펴낸이   이기봉
편집   좋은땅 편집팀
펴낸곳   도서출판 좋은땅
주소   서울특별시 마포구 양화로12길 26 지월드빌딩 (서교동 395-7)
전화   02)374-8616~7
팩스   02)374-8614
이메일   gworldbook@naver.com
홈페이지   www.g-world.co.kr

ISBN   979-11-388-0607-7 (03810)